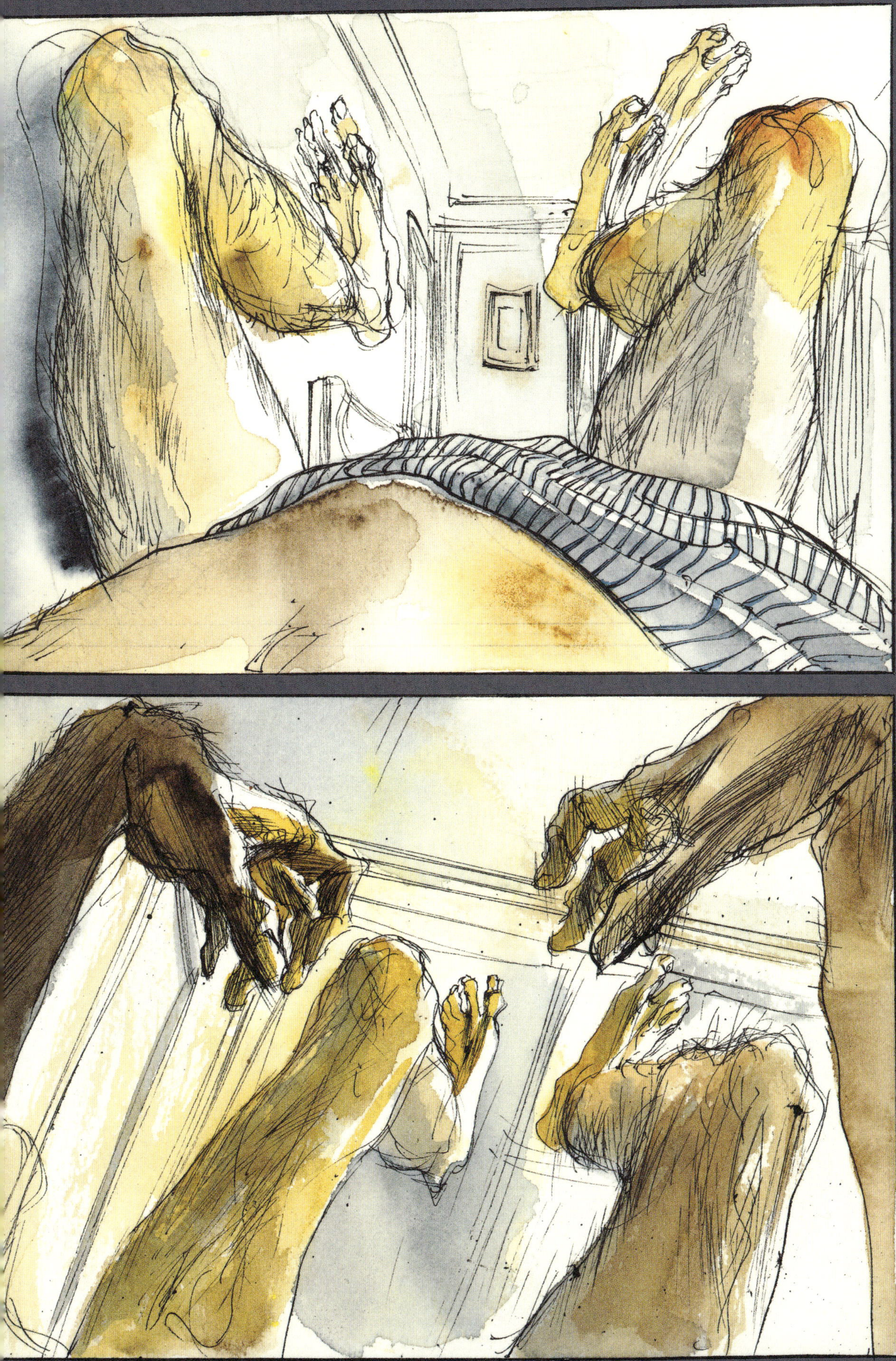

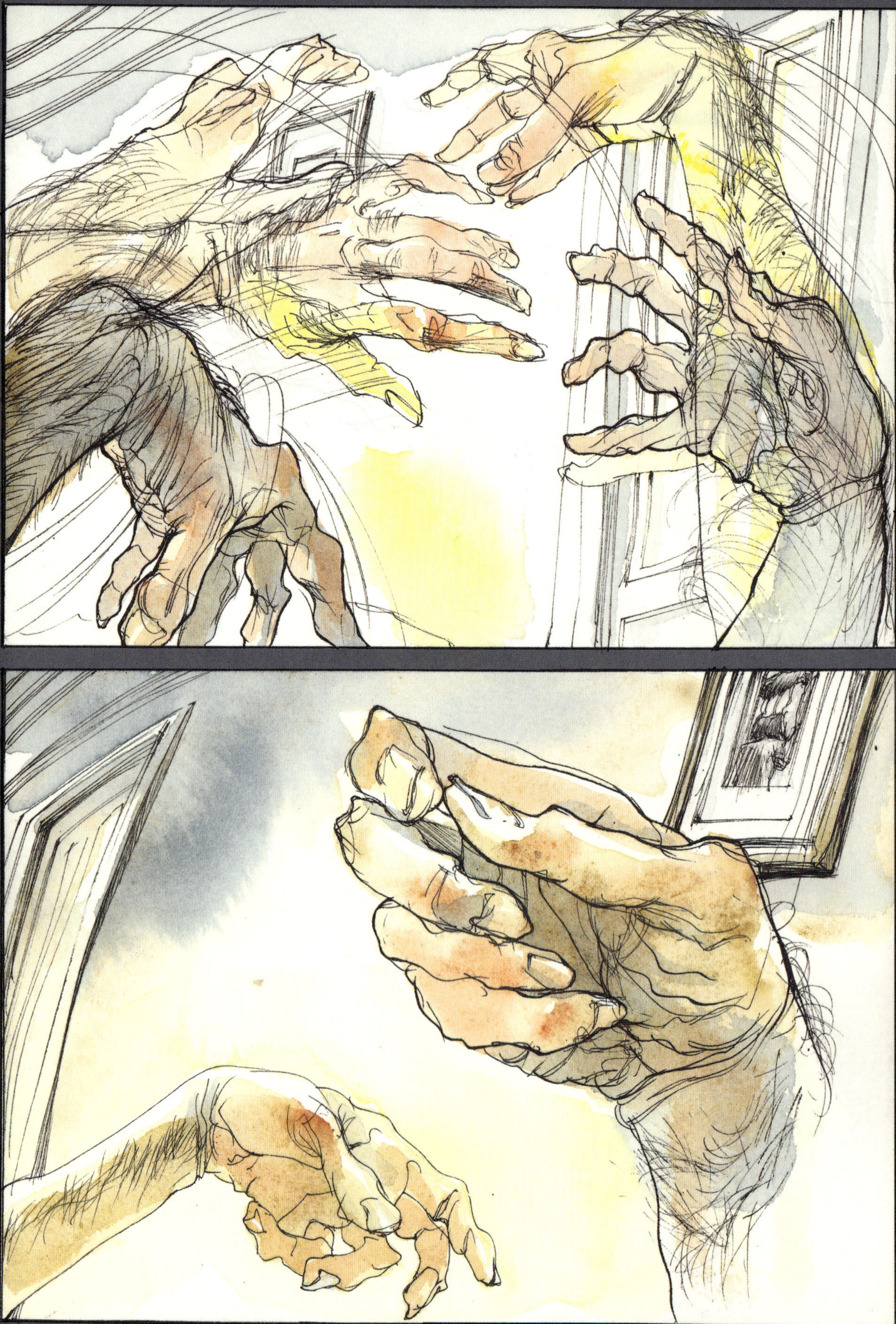

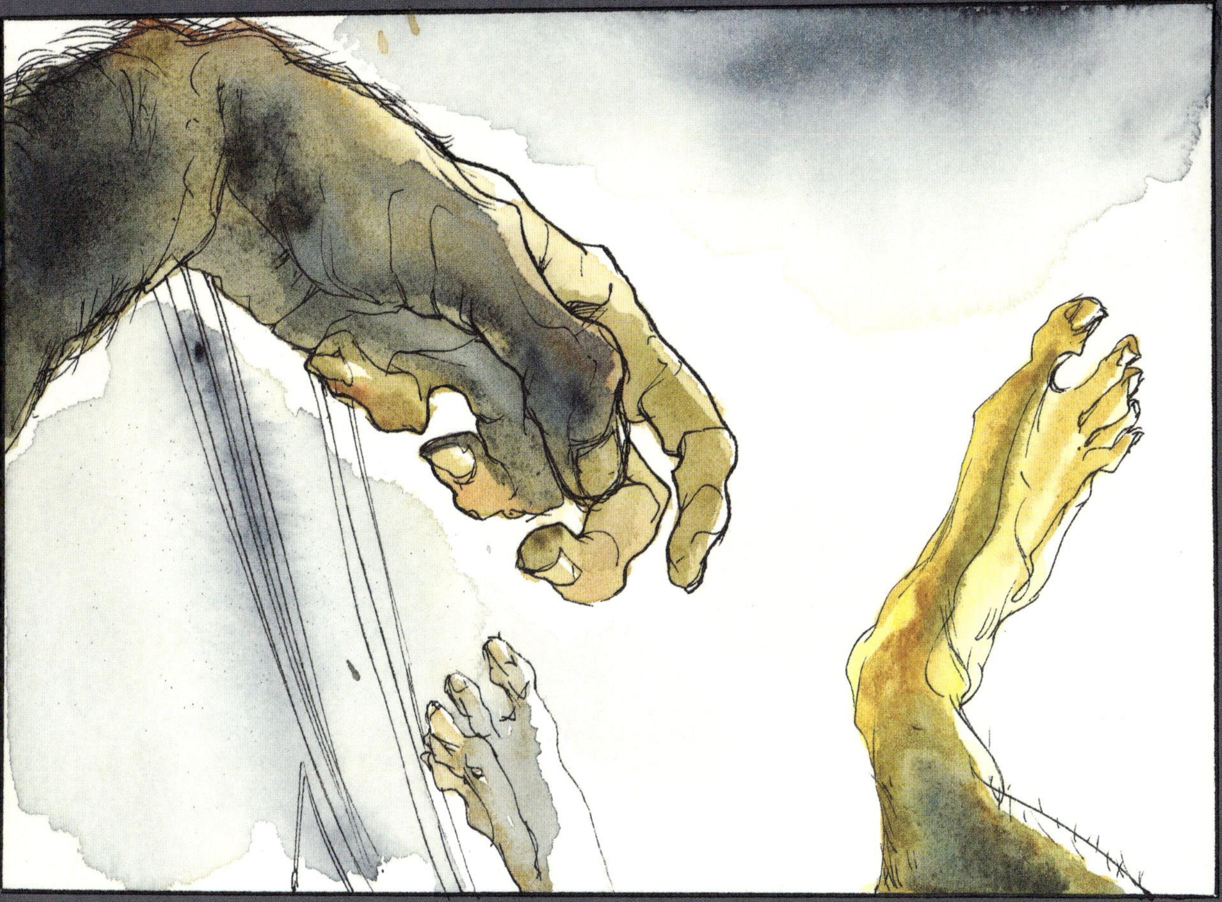
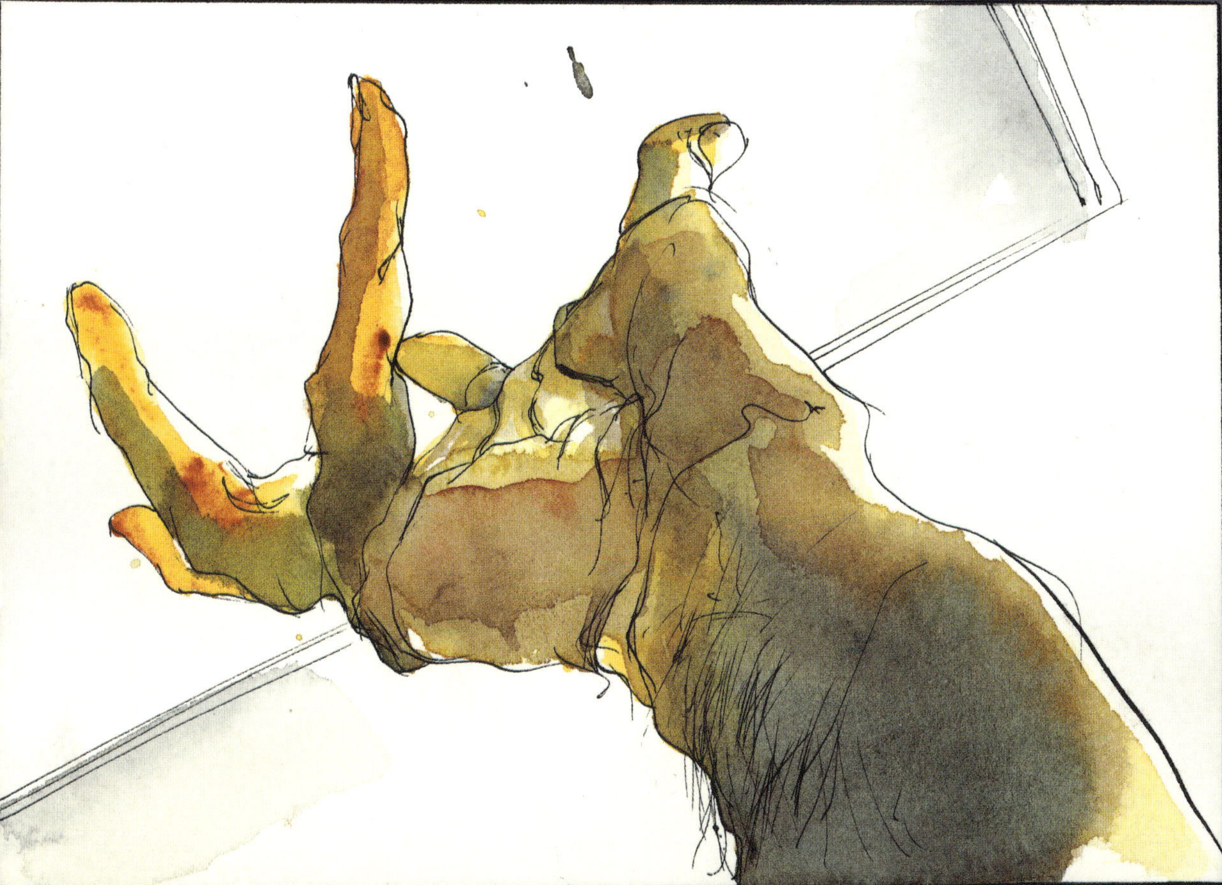

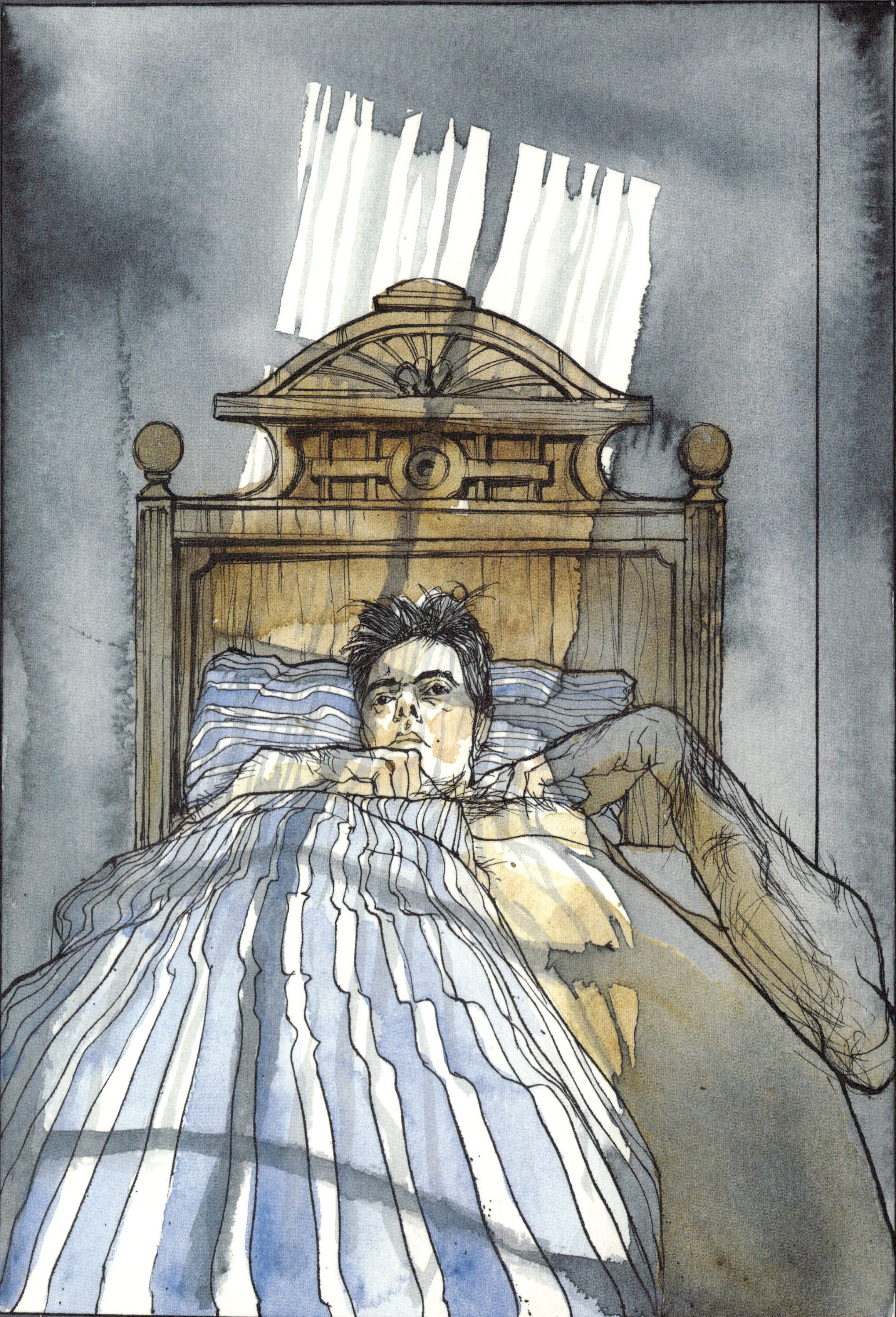

| 后浪 | 插图珍藏版

变形记

[奥] 弗朗茨·卡夫卡 著
FRANZ KAFKA
[法] 斯特凡纳·勒瓦卢瓦 绘
胡一帆 译

Die
Verwandlung

江苏凤凰文艺出版社
JIANGSU PHOENIX LITERATURE AND ART PUBLISHING

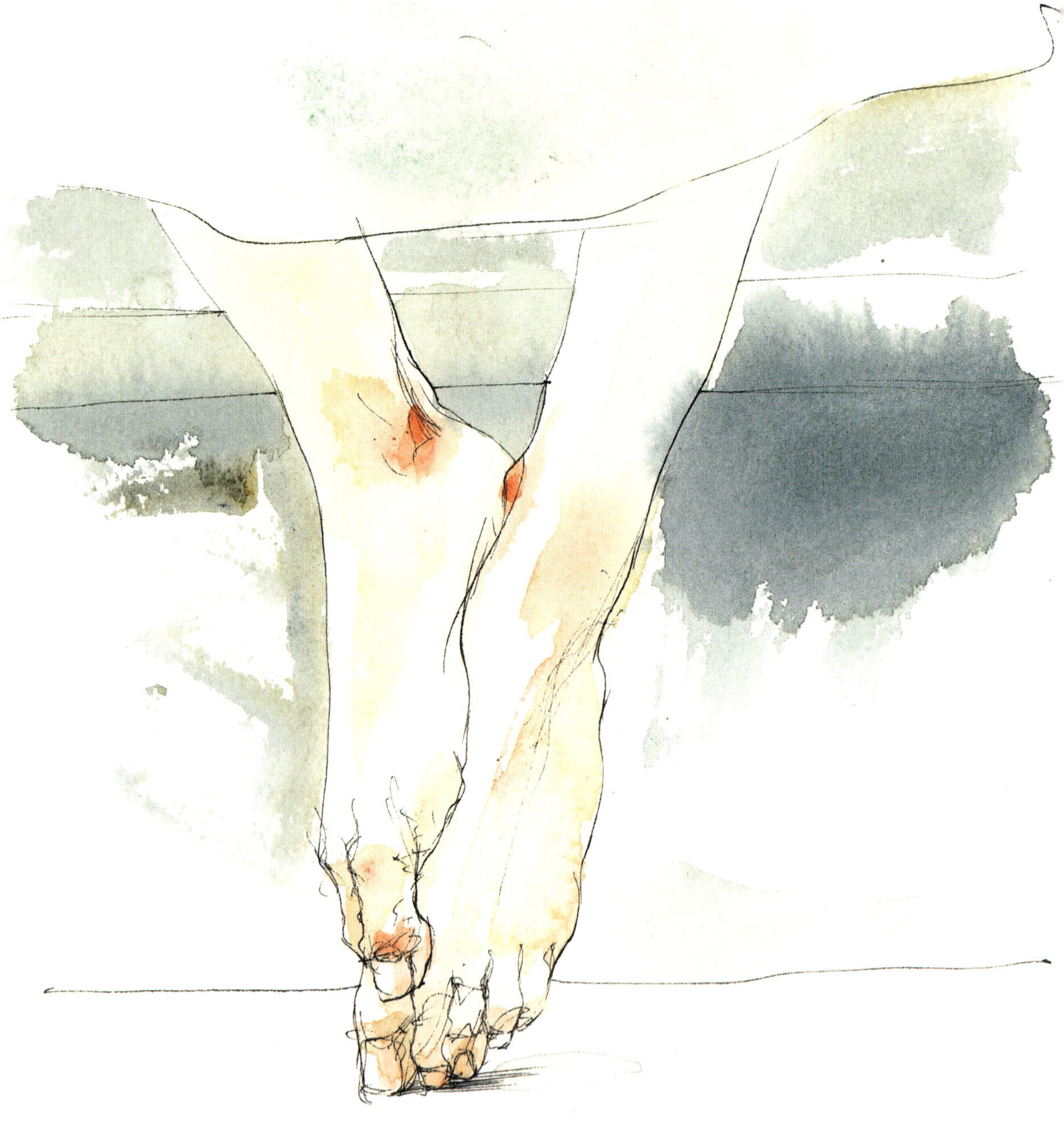

I

一天早上，格里高尔·萨姆撒从烦躁不安的梦中醒来，躺在床上的他发现自己变成了一只大甲虫！坚硬如铠甲的背壳撑起身体，他仰面朝天。略一抬头，他看见了那高高隆起的褐色腹部，腹节上排列着弧形的僵硬腹板。被子被高耸的腹部支棱起来，几乎全部顺势滑落在地。他现在有很多条细得可怜的腿，与他硕大的身躯不成比例，此刻这些腿正无助地在眼前挥动。

"我到底怎么了？"他暗自思忖。这并非一场梦。他狭小的房间真实可见，别无异样，还安安稳稳地立于熟悉的四壁之间。桌上堆叠着打开的布匹样品，桌子上方挂着一幅画，那是身为旅行推销员的萨姆撒前不久从一本画报上剪下来的，装裱在一个镀金的漂亮画框里。画上是位女士，她头戴毛皮帽、颈间系着毛皮围巾，正襟危坐；此刻她抬起手臂，手肘以下包裹在厚重的皮手筒里，仿佛正向观众展示自己的皮手筒一样。

格里高尔把目光投向窗外，阴沉沉的天气让他变得忧郁，尤其是听到雨点敲打窗棂的滴滴答答声。"若是我再睡一会儿，说不定就能把所有的滑稽事忘个干净。"他转念一想。然而没有料到这么简单的想法完全不能付诸实施，因为他习惯了右侧睡，而目前的状态使右躺成了难题。不管他用多大的力气向右翻转，最后都摇摇晃晃摆回平躺的姿势。他上百次地反复尝试翻身，且索性闭上了眼睛，免得看到自己那晃来晃去无处安放的数条腿。他终于放弃了这种无谓的挣扎，因为身体一侧的疼痛引起了他的注意。这疼痛乍起，轻微而不甚尖锐，但前所未有。

"上帝啊，"他想道，"我挑了个多么辛苦的差事！没日没夜到处奔波。在外跑生意的艰辛与室内办公相比简直不能同日而语，何况我还得承受旅行的烦累：总要操心换乘转车，没个饭点且伙食又差；身边的旅伴不停地变换，持久的陪伴纯属奢望，人与人之间素无交情可言。让这一切都见鬼去吧！"他感觉腹部上方有点痒，于是慢慢地向着床柱挪动背部，以便靠着床柱把头抬高；他看到发痒的部位布满了小白点，有些茫然不知所措；他想用一条腿去挠一挠痒处，谁知刚一触碰，阵阵寒战袭遍全身，他立刻缩回了腿。

他恢复了原来的姿势。"早起，"他心里嘀咕着，"使人愚钝。人需要睡眠。其他旅行推销员都懂得像后宫贵妇般享受生活，举个例子说说吧：我上午忙完业务回到下榻的饭店，准备汇寄拿到的订单，别的推销员先生才刚刚开始享用早餐。如果我敢这么干，老板分分钟就把我开了。可塞翁失马，焉知非福，丢了工作说不定于我是件特别好的事呢。为了父母我一直竭力克制、谨小慎微，否则我早就辞职不干了，而且我还会大步流星走到老板面前，毫无保留地告诉他我内心的真实想法。他肯定得从高高的写字台上摔下来！老板平时行为古怪：他坐到斜面写字台上，居高临下地和雇员讲话，而雇员还得贴近他，不然耳背的老板听不见。时至今日，我还没有完全放弃希望；一旦我攒够了钱，还上父母欠他的债——可能还需五六年——到时我肯定辞职走人。如此一来，我就能和过去彻底决裂了。然而眼下我必须得起床，因为我的火车五点就要开了。"

他看了一眼柜子上嘀嗒走着的闹钟，"天哪！"他大惊，六点半了。指针仍不慌不忙地兀自向前移动，甚至已经走过了半点，步步逼近三刻钟。难道是闹铃没响吗？从床上看，闹钟的指针确确实实拨到了四点钟；那它肯定响过了。但他怎么可能在震天响的闹铃声中安然睡过头呢？闹铃一响，连家具都跟着震动。由此可见，他睡得虽不安稳，但可能比较深沉。那现在他该怎么办呢？下一班火车七点出发，要想赶上，他得火速起身快马加鞭。可是他还没把所需样品收拾装好，眼下又感觉浑身乏力，一动也不想动。况且就算他赶上了火车，也免不了要面对老板的勃然大怒。因为公司的勤杂工会候着五点钟的列车，这人肯定早已将他误车的情况报告给了老板。那个勤杂工是老板的狗腿子，每天只会点头哈腰，阿谀奉承。如果他现在请病假呢？那也很不自然，将难以取信于老板，因为在过去五年的职业生涯中，格里高尔从未生过病。老板必然会带医疗保险公司的医生过来，并以医生的诊断为由，将所有抗议、托词一一驳回。老板还将迁怒他的父母，指责他们养出这么懒惰的儿子。因为在医生眼里，世上只有身体康健却托病偷懒的人。但眼下这种情况，医生的想法就全然不对吗？此时格里高尔感觉身体状态很好，除了睡得比平时长反而更加倦怠之外，他甚至还饥肠辘辘。

他匆忙思考着这一切，依然没能下定决心起床——就在这时，六点四十五的闹钟响了——有人轻轻敲了一下他床头的门。"格里高尔，"有人喊道——是母亲的声音——"已经六点四十五了，你

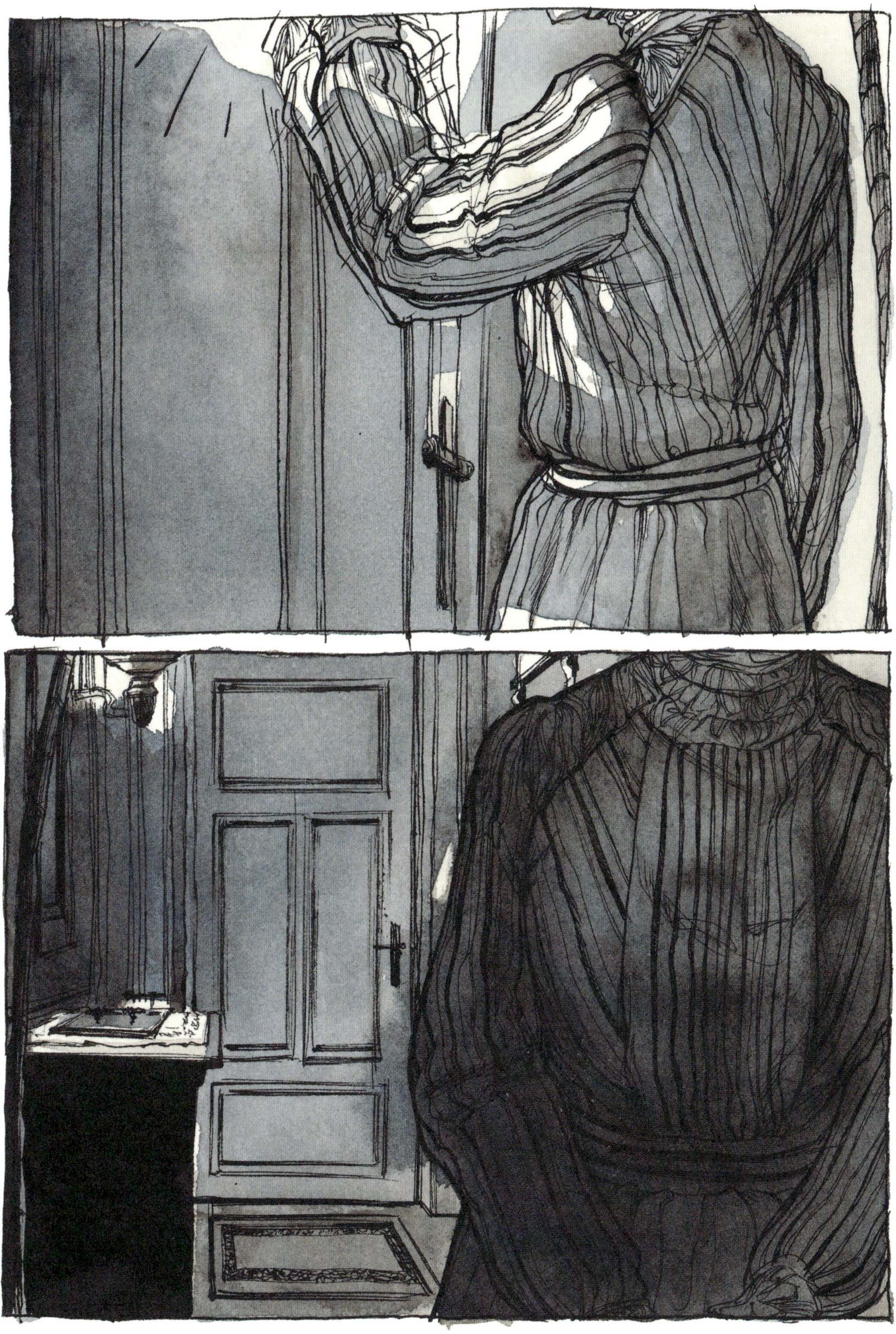

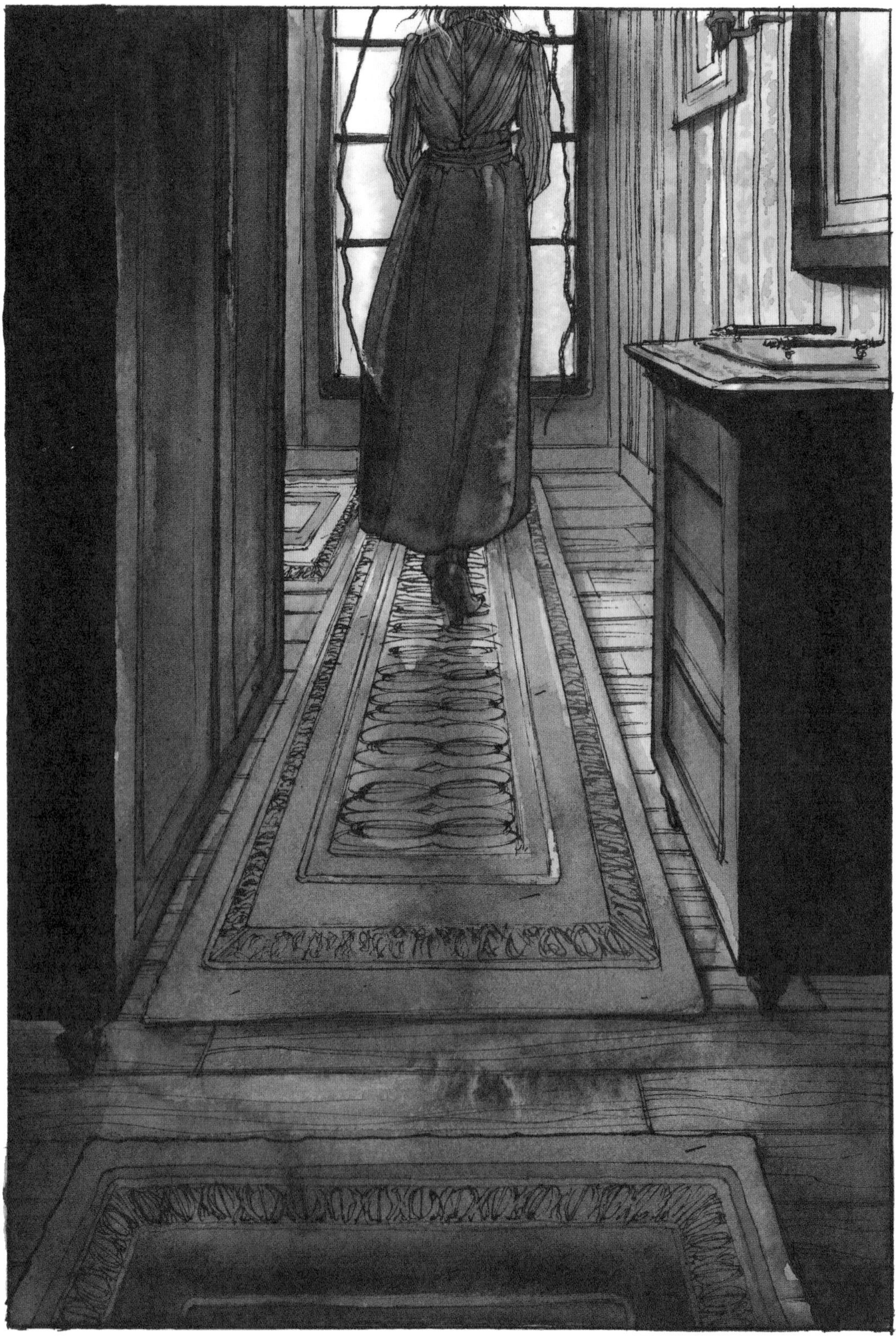

不是要出门吗？"多温柔的语调！可听到自己的回答声时，格里高尔吓坏了。毫无疑问这还是他之前的声音，但其中掺杂了一种痛苦尖锐的鸣叫，它似乎从体内升腾而起，难以遏制。他说的话只在出口的瞬间清晰可辨，余音则受尖叫声的干扰，让人难以确定，自己是否听真切了。格里高尔本想详细回答，全盘托出，把一切都解释清楚。但因于眼前的情形，他只能简单地说："好，好的，谢谢妈妈，我已经起了。"隔着木门，在外面或许并不能轻易察觉格里高尔声音的变化，因为母亲听后就放心地拖着鞋走开了。而这简短的对话却让家中其他人注意到，格里高尔竟一反常态，还在家里。于是父亲用拳头轻轻敲了一下侧门，声音不大，但十分有力。"格里高尔，格里高尔，"他喊道，"你怎么回事？"过了一会儿，他的声音更加低沉，再次催促道："格里高尔！格里高尔！"妹妹则在另一侧门边轻声问道："格里高尔？你没事吧？需要帮忙吗？"格里高尔朝两侧回答道："我马上就好了。"他说话时小心翼翼，努力发音清晰，在词和词之间保持较长的停顿，尽量使他的声音不引人怀疑。父亲回去继续吃早餐，妹妹却低声说："格里高尔，开门，求你了。"格里高尔压根儿不打算开门，他为自己在旅行时学到的小心谨慎暗自庆幸：即便在家里，他晚上也把所有的门都锁上。

起初,他想不受打扰安静地起床,穿好衣服,最重要的是先吃个早饭,然后再考虑接下来的事情。因为他清楚地意识到,躺在床上他只会胡思乱想个没完。他回想起,之前在床上总能感到一种轻微的疼痛,可能是睡姿不佳导致的。可起床之后,他发现那只是幻觉。他迫切想知道,今天的幻觉将如何慢慢消失。声音的变化应该只是重感冒的前兆,与其他无关,这是旅行推销员的职业病,他对此深信不疑。

掀掉被子其实很简单,他只需稍稍隆起腹部,被子就会自己滑落。但继续行动就没那么容易了,因为他现在的身躯实在太宽。他本来可以用胳膊和手把身体撑起来,但如今事与愿违,他只有很多条小细腿,它们不停地向四面八方舞动,丝毫不受控制。如果他想设法让其中一条腿弯曲,它却总是伸得笔直;等他终于驯服这条腿,让它摆出自己想要的姿势,其余的腿就如同获释一般,狂躁且痛苦地在空中乱踢一气。"千万别躺在床上,蹉跎时光。"格里高尔自言自语道。

一开始,他想靠自己的下半身从床上挪出去。但就连他本人也还没见过这下半身,更不能准确描绘它是何模样。然后他发现下半身实在太笨重了,根本寸步难移。整个挪动过程极其缓慢,格里高尔的耐心消耗殆尽。最终他发了疯似的,使出吃奶的力气、不顾一切将自己的身子朝前狠推,却由于方向不对,猛然撞上床尾的栏杆。碰撞产生火辣辣的痛感,他意识到,此刻自己的下半身可能是最脆弱的部位。

于是他又试着让上半身离开床,先颇为小心地将头转向床边。这并非难事,尽管他的身子又宽又重,但还是随着头的转动慢慢掉转过来了。他的头好不容易终于移到了床边,悬在床沿外,他却突然大惊失色,不敢继续这么转下去了。因为如果他最后以这个姿势摔下去,肯定会把头摔伤。这个节骨眼儿上他无论如何都不能失去意识;如此一来,他宁愿在床上待着。

为了恢复原来的躺姿,他再次大费周章,把自己累得气喘吁吁,又恰好看到他的小腿们似乎更加不受控地乱舞。他想让它们消停,但一筹莫展。于是他又暗下决心,可绝不能就这样在床上躺着。哪怕希望渺茫,就算豁出一切,也要离开这张床,这才是明智之选。与此同时,他也不忘提醒自己,要三思而后行,谋定而后动。眼下,他凝神举目望向窗户,以期获得些许信心和鼓舞。可惜他的希望落空了,外面的一切都笼罩在晨雾之中,就连窄街对面的景物都看不太清。"七点了,"闹钟又一次响起,他对自己说道，"都七点了，雾还这么重。"之后，他静静地躺着，呼吸微弱，似乎期待着在沉寂中重返真实与自然。

他又自顾自地说道："我一定要在七点十五之前从床上起来。最晚到那个时候，一定会有公司的人来找我问是怎么回事，因为公司七点之前就开始办公了。"这时，他开始试着有节奏地摆动身体，想不改变方向，竖着将身子慢慢移出床。若他这样摇摆着掉下去，可能只会碰到头；但只要他着地时使劲儿把头抬高，头部应该不会受伤。他的背部好像很坚硬，而且地上铺着毯子，摔下去大概没什么问题。他现在最担心的是，一旦真的摔下去势必会有很大的动静，有可能惊吓到门外的人，至少会让他们担惊受怕。但现在他只能冒险一试。

这新方法与其说是艰辛的劳动，倒不如说是轻松的游戏，他只需一阵阵地来回摇晃自己的身体。格里高尔已经将一半身子挪到床外，这时，一个念头突然出现在他的脑海中：要是有人能来帮他一把，事情就简单多了。只要两个有力气的人——他想到了他的父亲和女佣——就足够了。他们仅需伸出两只胳膊，放到他拱起的背下，将他从床上抬起来。再托着他弯下腰，把他放在地上。然后耐心等一会儿，等他在地上翻个身，希望到时候他的那些小腿能派上用场。现在且不说门都被锁上了，难道他真的要开口求助吗？尽管身处窘境，但一想到这些，他还是忍不住浅笑了一下。

此刻，身体摇摆的幅度过大，以至于格里高尔几乎无法继续保持平衡。他必须马上做出最终的决定，因为离七点十五仅差五分钟——这时门铃响了。"是公司的人。"他喃喃说道。他的整个身子几乎僵住，但他的小腿们却挥舞得越发起劲。一时之间，万籁俱寂。"别开门。"格里高尔怀揣一丝不切实际的希望，自言自语。可紧接着，女佣同往常一样，自然而然地径直朝门走去，打开了房门。格里高尔只听来者的第一句寒暄，就已经知道是谁了——秘书主任亲自登门。一点小小的失误，立刻招致这么大的怀疑？格里高尔不知道自己造了什么孽，要在这样一个公司工作。在公司看来，所有员工都是无耻之徒吗？他们之中难道没有一个忠实奉献的人？眼前这人只因早上耽误了几个小时的工作，就已备受良心的谴责到疯癫的程度，甚至丧失了从床上爬起来的能力，这还不够吗？就算公司真想弄清楚怎么回事，不能让一个学徒过来，而得秘书主任亲自兴师问罪？如此一来，不仅殃及格里高尔无辜的家人，不是还把这事的严重程度提升到了秘书主任处理的级别吗？格里高尔越想越激动，顾不上考虑是不是正确的决定，就拼命把身子从床上颠了出去。他的身体砸到地面，响起了撞击声，但事实上动静不算太大。铺在地上的毯子减弱了跌落的声响，而且格里高尔的背部比想象中要有弹性，因此摔下来仅是一声闷响。只是他没能护好自己的头，掉下来的时候还是撞到了。他又恼又痛，甩了甩头，又在地毯上蹭了蹭。

"房间里有东西掉地上了。"从左侧隔壁传来秘书主任的声音。格里高尔暗自思忖：今天发生在自己身上的事情，秘书主任将来没准儿也要经历，当然会有这种可能性。此时，秘书主任在隔壁迈开坚定的步伐，连带着漆皮靴子咯吱作响，犹如对这个问题做出了果断回答。右侧房间里的妹妹压低嗓音，给格里高尔通风报信："格里高尔，秘书主任来了。""我知道！"格里高尔嘟囔了一声，但他并不敢将音量提高，怕妹妹真的听见。

"格里高尔，"父亲在左边房间里发话了，"秘书主任来了。他问你为什么没有坐早班车走。我们不知道该怎么向他解释。而且，他想亲自和你聊。所以请把门打开，房间里乱也没关系，秘书主任宽宏大量，不会计较的。""早上好，萨姆撒先生。"秘书主任和蔼地跟他打招呼。"他身体不舒服。"这边父亲还在朝门口说这话，母亲已插嘴向秘书主任解释，"秘书主任，他是身体不太舒服，您一定得相信我。不然格里高尔怎么会错过一班火车呢！这孩子，满脑子装的全是公司的生意。他晚上从不出门，为这我常发愁。这不，他在城里已经待了八天了，但每天晚上他都待在家里。他和我们一起坐在桌子旁边，一言不发地看报纸，或者钻研发车时刻表。如果他手头在忙细木工活，那对他来说已经算得上是消遣了。他曾两三个晚上就雕好了一个小框架，那架子实在太精致了，您见了一定会赞叹他的手艺。格里高尔就把它挂自己房间里，他一开门，您马上就能看到。另外，秘书主任先生，您能过来我十分高兴。单靠我们三个可没法儿让他开门，他太执拗了。尽管他早上矢口否认，但他绝对是身体不舒服。""我马上来。"格里高尔缓慢而谨慎地说，但他并没有动弹，以防漏听任何一句话。"亲爱的夫人，除了这个理由我也想不出其他原因。"秘书主任说，"希望格里高尔的病情不严重。不过，我还是要说，我们做生意的人——你可以说是福报或者晦气——出于工作考虑，很多时候必须克服一些轻微的不适。""哎！我说，现在能让秘书主任进去了吗？"父亲又敲了敲房门，语气开始变得不耐烦。"不行。"格里高尔回答。左侧房间随即陷入了压抑的沉默，而右侧房间则传来了妹妹的抽泣声。

为什么妹妹单独待着没和其他人一起呢？她可能刚从床上起

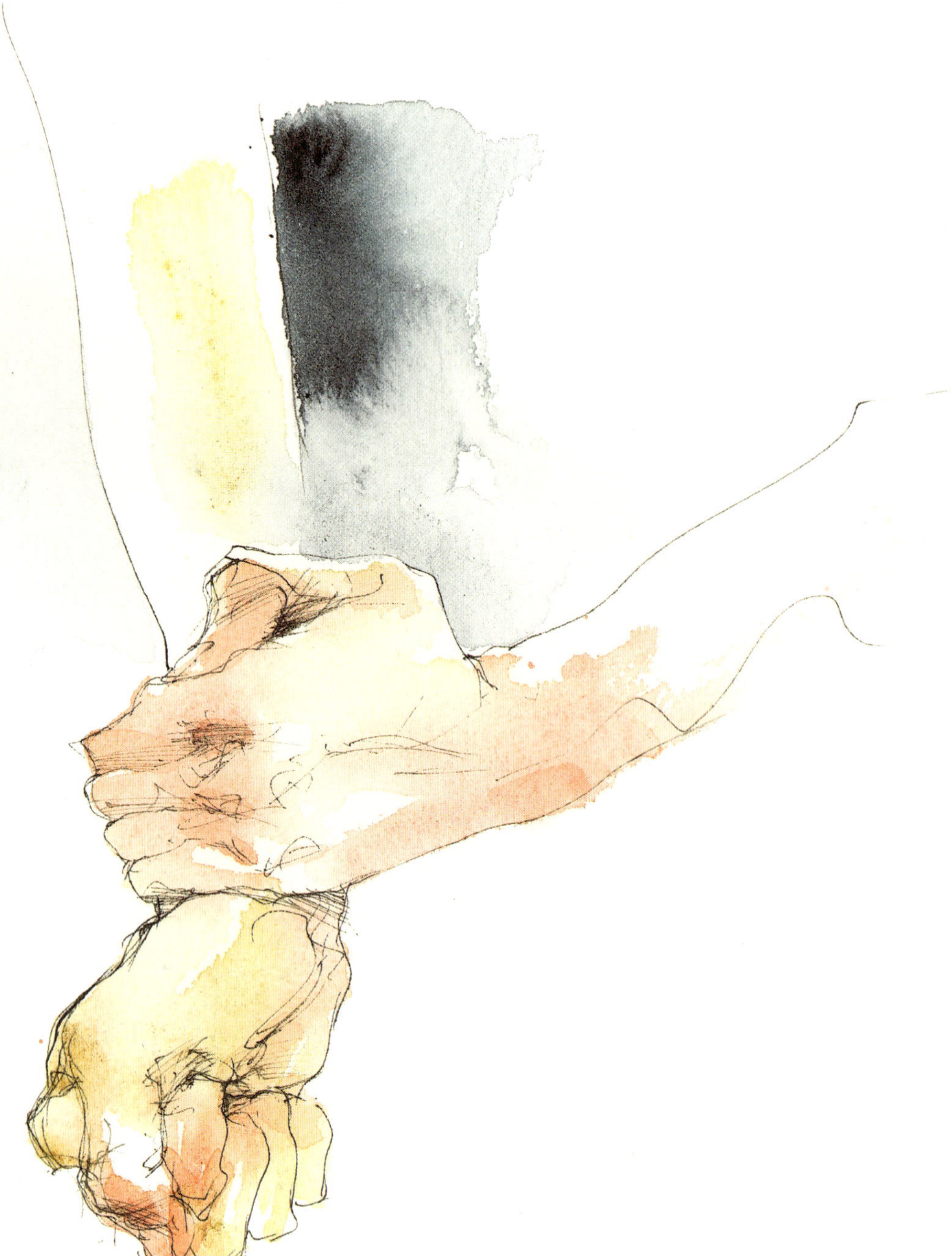

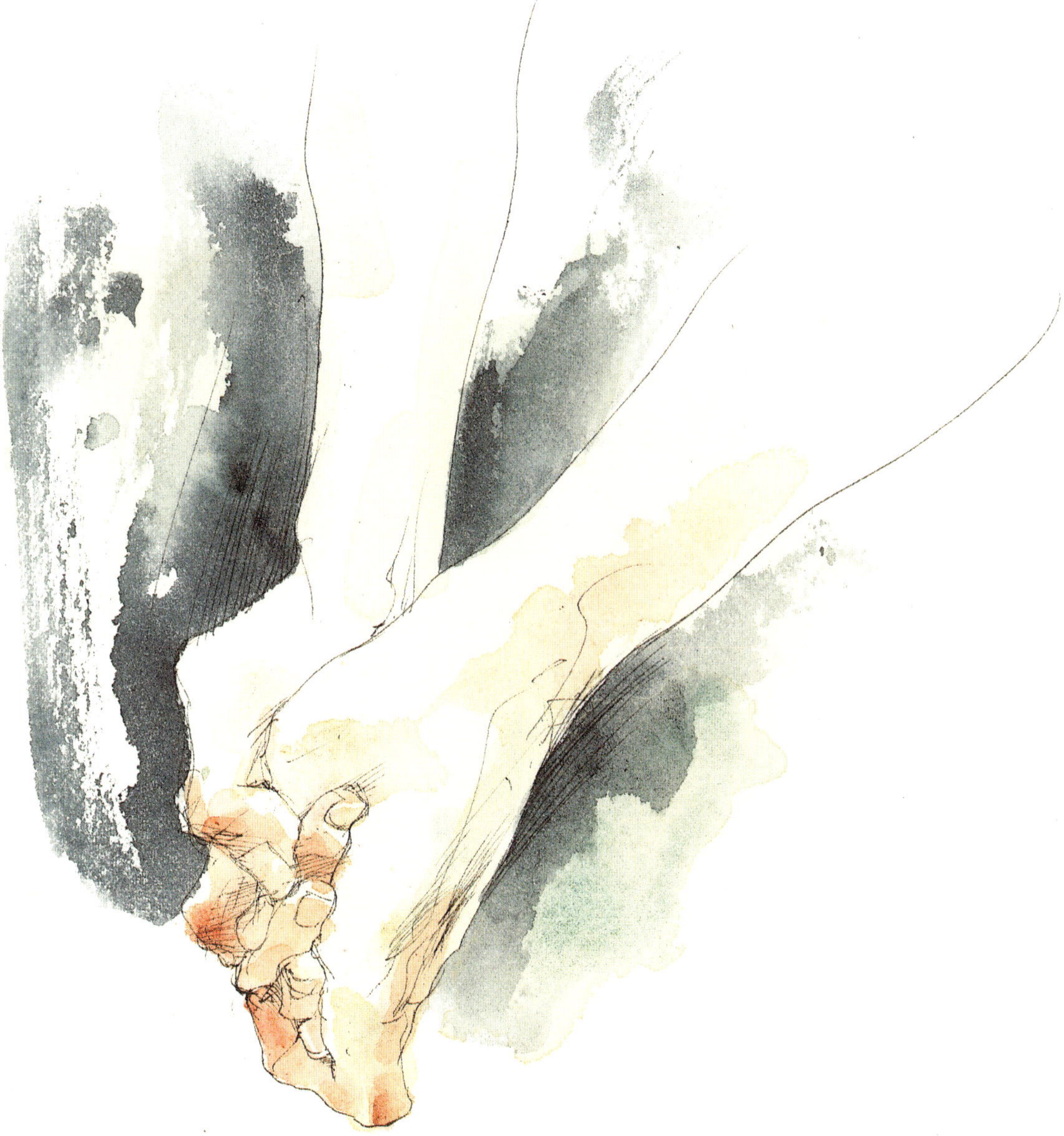

来，还没来得及穿衣服。但她为什么哭呢？因为他没有起身开门，让秘书主任进来？因为他有失去工作的危险？如此一来，老板就会重新向父母追讨旧债？可眼下还不需要为这些担忧。格里高尔人都还在这里，况且他压根儿没有想过要弃家人于不顾。这会儿他正躺在地毯上，但凡有人了解他目前的处境，都不会真的要求他为秘书主任开门。况且，格里高尔应该不会因此而立刻遭到开除，因为之后很容易随便找个借口将这次失礼搪塞过去。在格里高尔看来，与其用抽抽搭搭的哭闹和喋喋不休的劝说来烦他，不如让他好好静一静，后者显然更明智。但正因为家人不明所以，颇为困惑，做出这些举动也算情有可原。

"萨姆撒先生！"秘书主任提高嗓门问道，"究竟发生了什么事？您把自己锁在房间里，只回答'是'或'不是'，这为您的父母平添许多不必要的担心。而且您还对工作不管不顾——当然，我只是顺带提起工作——这种行为真是前所未闻。在此，我代表您的父母和老板，非常严肃地请您立刻将事情解释清楚。我真没想到，真是没想到啊。我原以为您是沉着冷静、十分理智的人，可现在您似乎突然间被情绪左右，放任自流。虽然老板今天早上还暗示我，您误车的原因可能是什么——与您最近承担的收账工作有关——可我不惜以我个人的名誉为您做担保，说那绝对不可能。现在我亲眼所见，您如此固执，还蛮不讲理，我彻底不想继续袒护您了。何况您在公司的地位绝不是最稳固的。我原本打算私下里跟您聊这些，但您明摆着在白白浪费我的时间，我觉得令堂令尊也应该听一听，了解一下情况。萨姆撒先生，您最近的表现实在太差劲；虽然我们承认，此时并非做生意的旺季，但是萨姆撒先生，一个季节里什么生意都没做成根本说不通，任谁都说不过去。"

"可是，秘书主任先生，"格里高尔失态地大喊，他激动得将一切都忘了，"我立刻、马上就来开门，我有些不舒服，头晕，站不起来，所以我这会儿还在床上躺着。但我刚刚又觉得精神振奋了些，正打算起床呢。请稍等一下！我还没完全恢复，不过已经好多了。怎么就突然染病了呢！昨天晚上我还好好的，这我父母也知道。或者更确切地说，昨天晚上就有了一点征兆，大家肯定都能看得出来。为什么我偏偏没向公司汇报这个情况呢！可能人总认为，生点小病不必在家休息，扛扛就过去了吧。秘书主任先生！请您谅解我父母吧！您刚对我的所有指责，都是无稽之谈，因为从来没人这么说过我。您可能还没看到我最近发出去的几个订单。而且，我还要坐八点钟的火车去出差呢。休息了几个小时，我精神抖擞。秘书主任先生，您别在这耽搁了。我马上就开工，

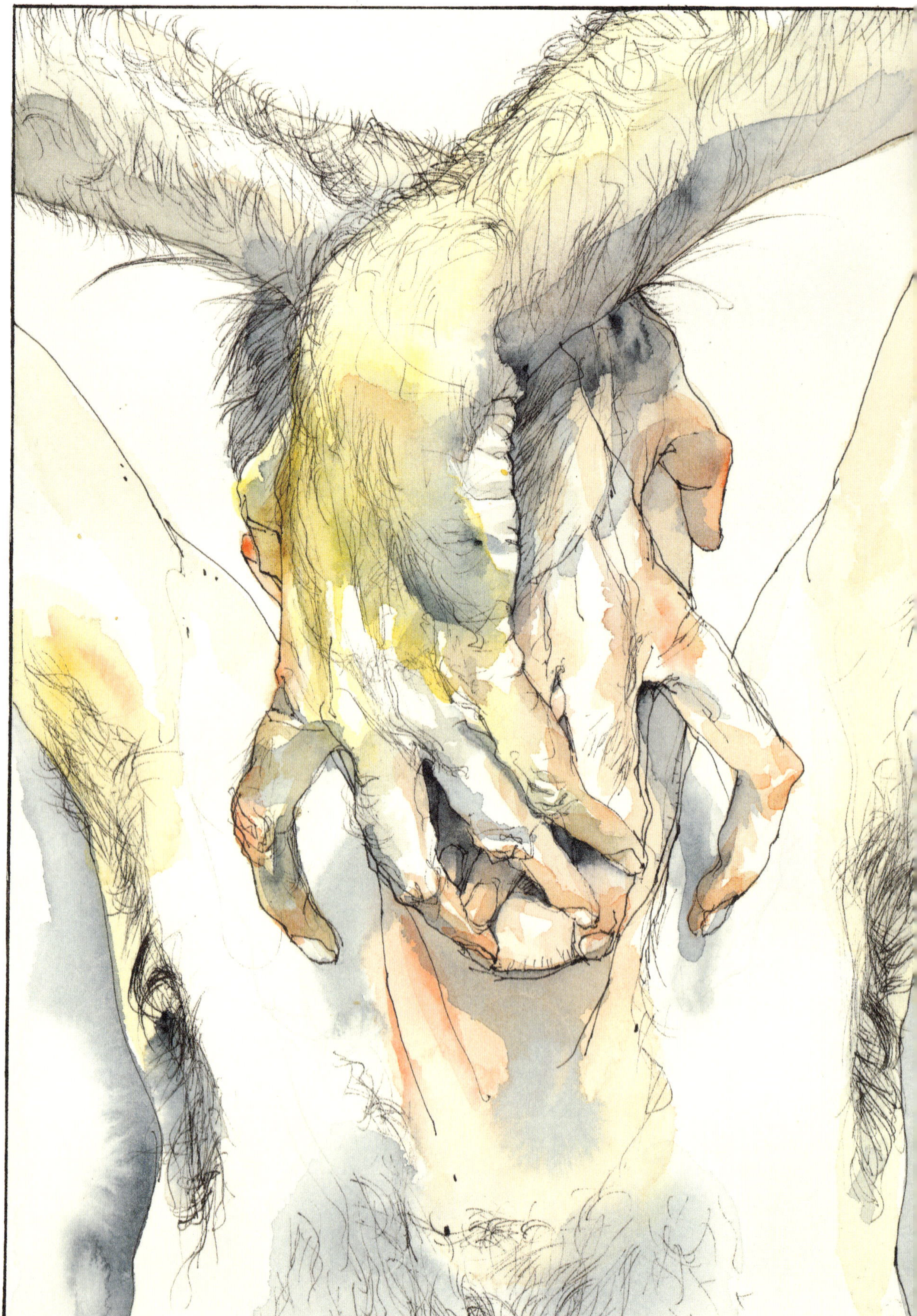

请您行行好，把这些转告给老板，并代我向老板问好！"

格里高尔急匆匆地说完这一切，但他几乎不知道自己在说什么。或许由于刚才在床上的练习，他轻松地挪到柜子旁边，试图靠着柜子直立起来。他真的想打开门，想让别人看到他，还想跟秘书主任聊一聊。他迫不及待想知道，门口的人这么渴望见到他，等看到他，他们又会说些什么呢。如果他们吓了一跳，那么责任不在格里高尔，他问心无愧。如果他们能够坦然接受，那么他也没有理由再紧张兮兮。只要他抓紧时间，八点一定能到火车站。起初，他从光溜溜的柜面上滑下来好几次，最后孤注一掷，他终于立住了。下腹疼得如火烧一般，但他也顾不得了。接着，他倒在柜子旁边一把椅子的靠背上，用他的小腿抓住椅背的边，这样他可以控制自己的身体了。然后他默不作声，因为此时他得听秘书主任又要说什么。

"您二位听懂哪怕一句话了吗？"秘书主任不解地问格里高尔的父母，"他真的不是在耍我们吗？""天哪！"母亲声泪俱下，"他可能病得很重，我们却这么折磨他。格蕾特！格蕾特！"她继续叫嚷。"妈妈，您叫我？"从另一边传来了妹妹的声音，她们隔着格里高尔的房间喊话。"你马上去请医生，格里高尔病了。快去叫医生。你听到刚刚格里高尔说话的声音了吗？""那根本不是人的声音。"秘书主任轻声细语地说，与母亲的尖叫形成鲜明对比。"安娜！安娜！"父亲人在前厅，拍着手朝厨房喊，"快去找个锁匠来！"话音刚落，两个女孩已奔跑着穿过前厅，只听她们的裙子一阵窸窣作响——妹妹怎么这么快就把衣服穿好了？——她们猛地拉开公寓大门。没有关门声传来，她们大概就让门开着，正如那些发生了重大事故的寓所常常门庭大开一样。

格里高尔现在冷静多了。尽管大家还听不懂他的话，但最起码那些话对他自己来说足够清晰了，比之前要清晰，当然也可能是耳朵习惯了这种怪声的缘故。不过至少大家已确信，他现在情况不妙，并且愿意帮助他。家人为他做好了初步安排，他们的信心满满和可靠安全也让他备感安慰。他觉得自己重新融入了人类的圈子，他翘首以待两位即将到来的帮手，指望他们给自己提供得力的帮助，虽然他还没来得及细想，医生和锁匠到底能做什么。接下来的会谈十分关键，他得尽量保持嗓音的清晰，所以他轻咳清嗓。他竭力咳得小声些，因为他的咳嗽声可能已经和正常人类全然不同，对自己的声音他都不敢做出判断了。隔壁房间现在悄无声息。也许父母和秘书主任正坐在桌子旁窃窃私语，也许他们所有人都正贴着门，想探听屋内的动静。

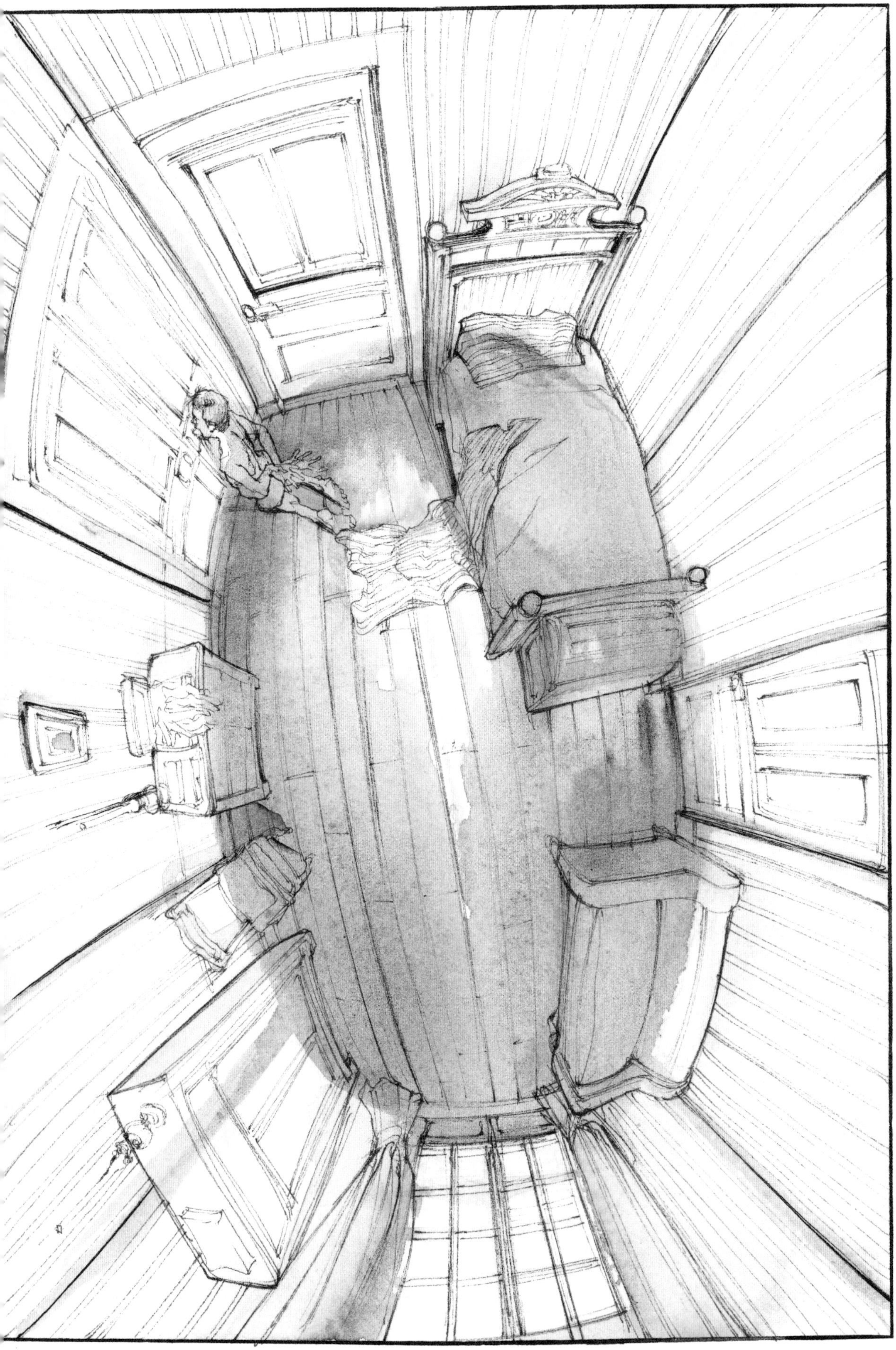

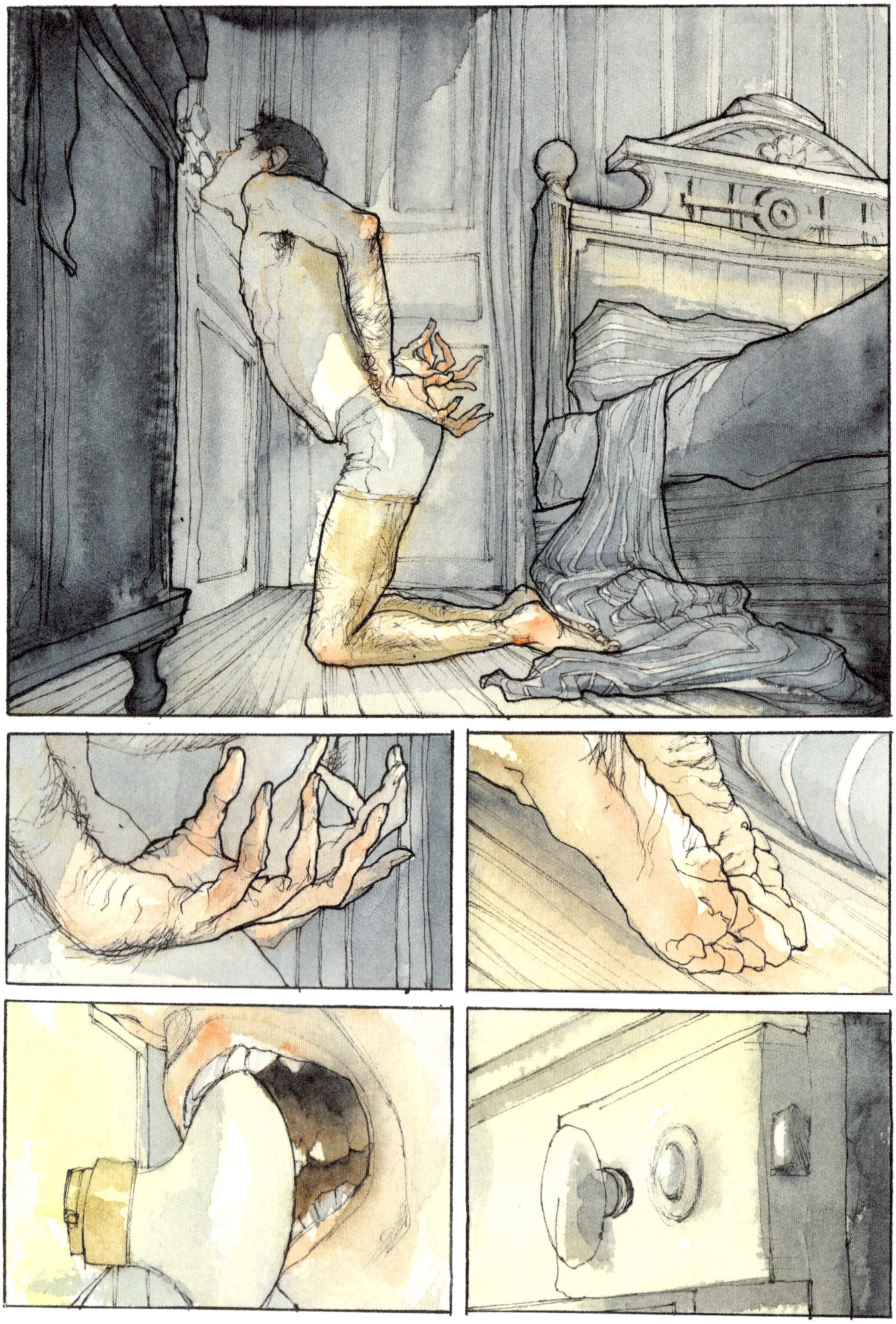

格里高尔将椅子慢慢推到门边，然后松开它，对准门把整个身子抛过去，好靠着门直立起来——他细腿上的肉球有些黏性——他原地休息了一会儿，喘了口气。接着他打算用嘴转动锁孔里的钥匙。可惜，他好像并没有真正的牙齿——那他该如何咬住钥匙呢？——不过他的下颚倒很坚硬，格里高尔便借助下颚成功地转动了钥匙。但他没想到这样做无疑会伤到自己，此刻一股棕色的液体从他嘴里溢出，顺着钥匙流淌，滴到地板上。"听！"隔壁房间里的秘书主任说，"他在拧钥匙。"这对格里高尔来说是一个巨大的鼓励，他觉得包括他的父母在内的所有人，都应该向他大喊："加油，格里高尔！"他们应该这样喊："继续拧，坚持下去，把锁打开！"而且，格里高尔想象着，所有人都在热切注视着他的努力。他竭尽全力，嘴巴死死地咬住钥匙。随着钥匙在锁孔中慢慢转动，他差不多得绕着锁旋转，好在嘴巴的支撑使他的身体保持直立。根据开锁的情况，他时而紧咬钥匙，时而用全身的力气朝下按。锁终于打开了，清脆响亮的声音使格里高尔格外清醒。他松了一口气，自言自语道："看吧，我根本用不着锁匠，自己就把门打开了。"然后他把脑袋搁在门把手上，想把门完全拉开。

他只能这样开门，因此就算他已经尽力把门推开一条缝，但

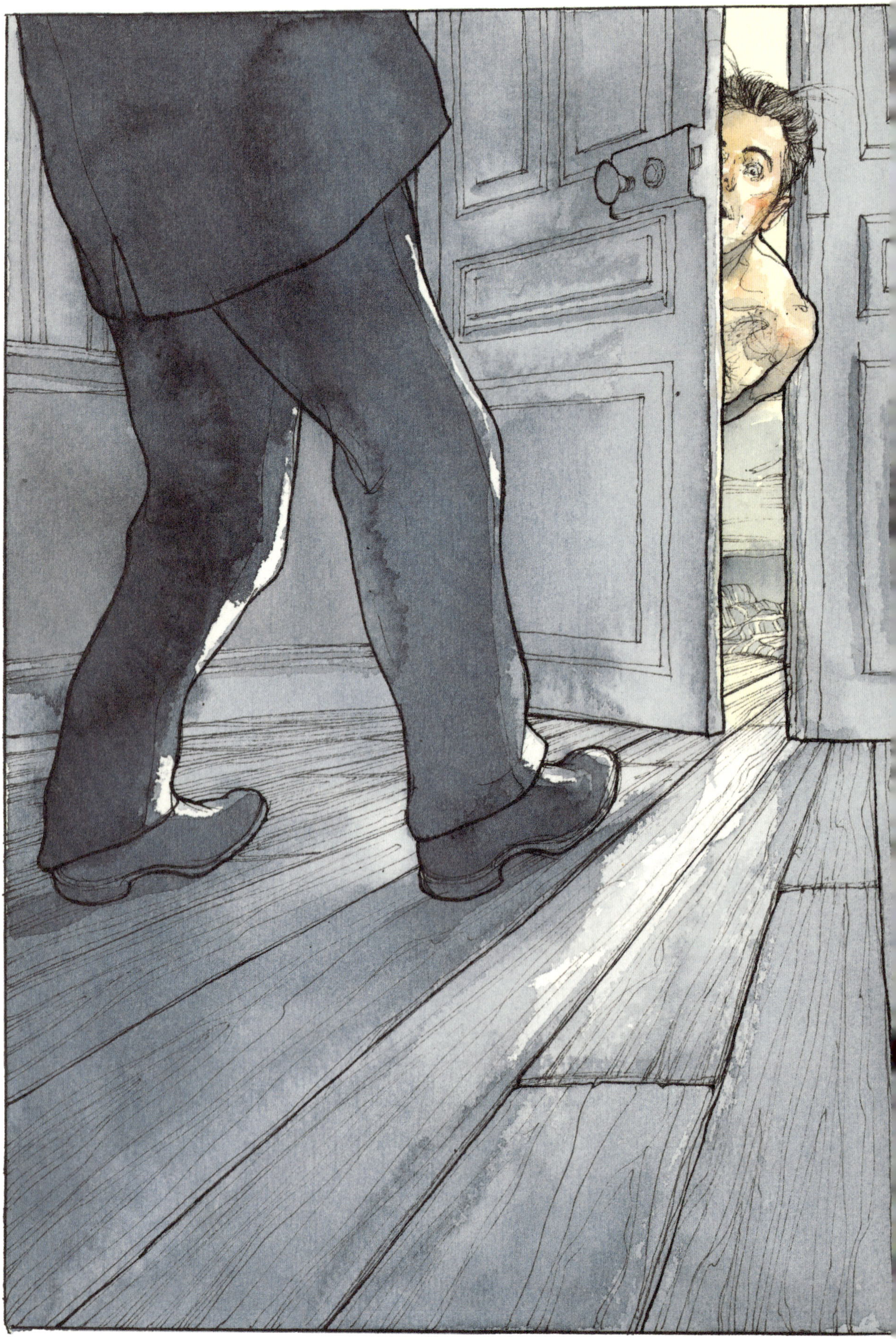

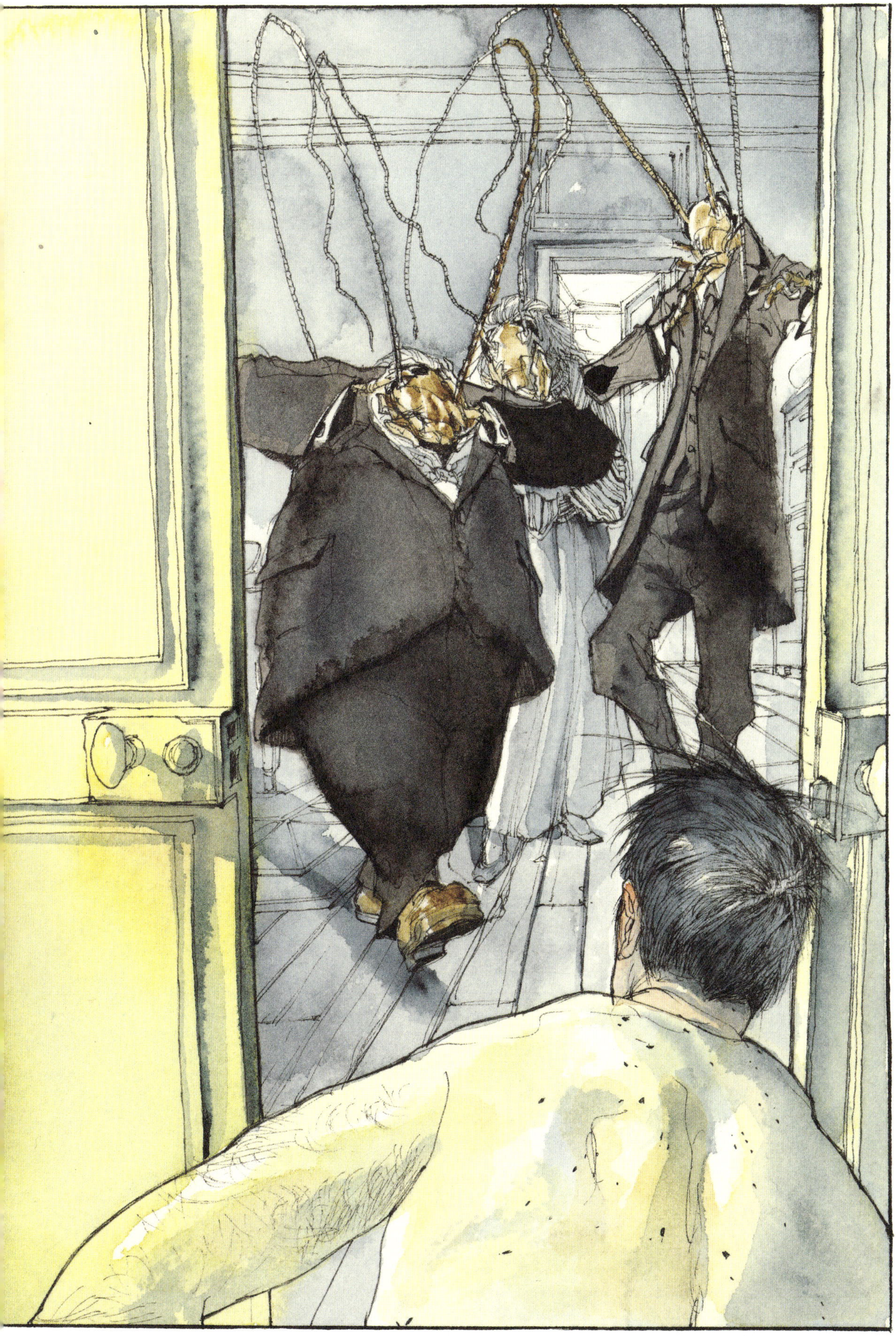

门外的人还是看不到他。如果他重重摔个仰八叉，又正好被进入房间的人看到，那就尴尬了，所以他必须更加小心翼翼，慢慢地绕着门扇旋转。他全神贯注地艰难移动，无暇关注别的事情，但此时秘书主任大声"噢！"了一下，听起来如同狂风呼啸一般。这会儿他也看到了离门最近的秘书主任，目睹他用手捂住张大的嘴巴，缓缓后退，似乎一股力量在无形中均匀推着他。母亲——尽管秘书主任在场，她仍旧披头散发、面带昨夜的倦容站在那儿——她先是双手合十，看着父亲，然后朝格里高尔走了两步，接着便倒地不起。裙子摊在地上，她耷拉着脑袋，把脸深深地埋在胸前。父亲紧握拳头，怒目圆睁，好像要把格里高尔推回房间一样。接着他用迷茫的眼神在客厅巡睃，随后双手遮眼哭了起来，他结实的胸膛跟着起伏颤动。

见此情形，格里高尔没有继续踏入客厅，而是倚着固定住的半边门，藏在门板后。从外面只能看到他的半边身体和侧露的脑袋。他歪着头，窥伺着其他人。此时天亮多了，可以看到矗立在街对面的一排灰黑色的房子，一眼望不到头——那是家医院——部分建筑已然清晰可见，正面墙上的窗户齐刷刷地排列着。雨还在下，大颗大颗的雨滴从天而降，摔落在地。桌上摆满各式各样的早餐餐具，因为对父亲来说，早餐是一天中最重要的一餐，他

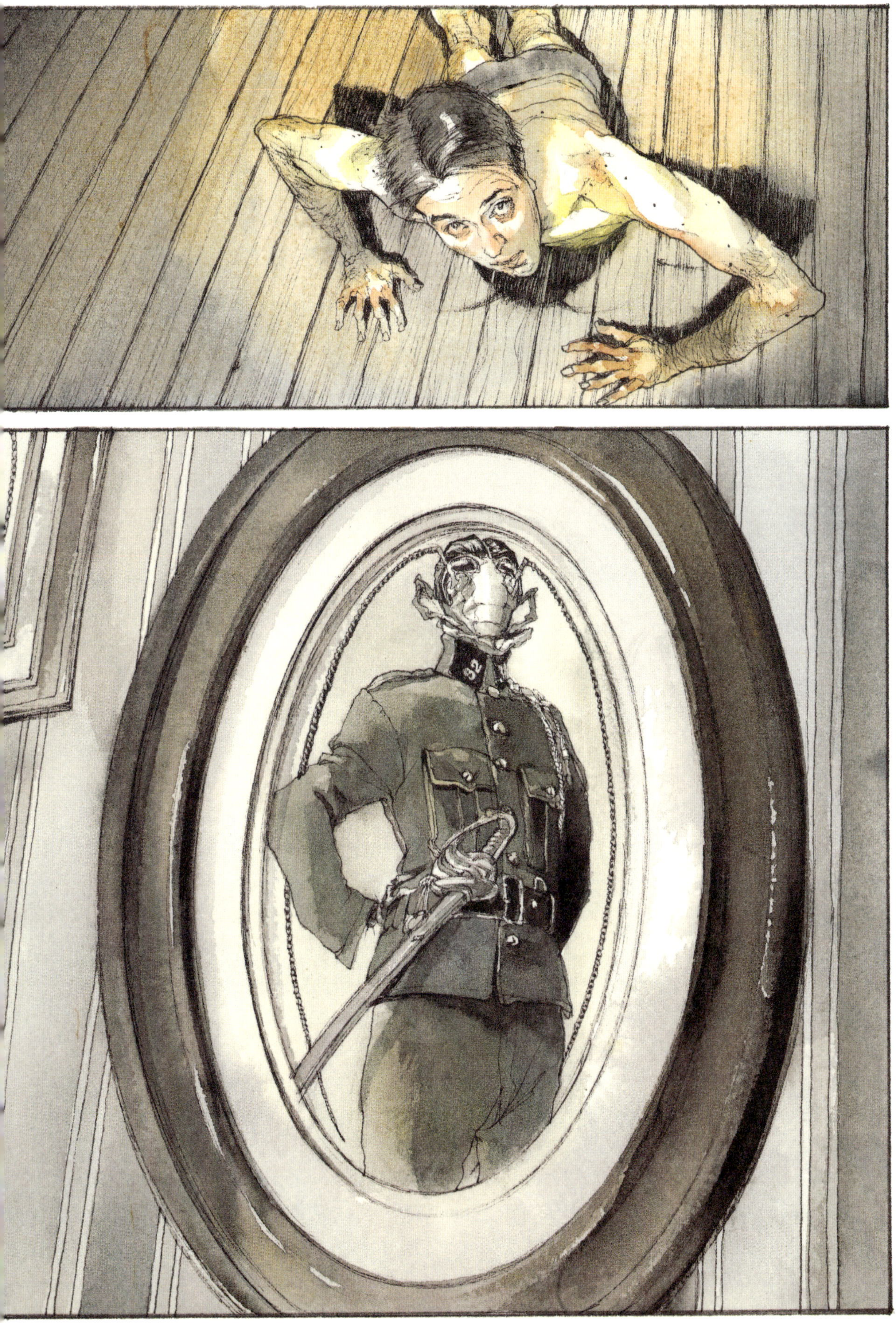

一边吃一边读各家报纸，一吃就是好几个小时。正对面的墙上挂着一张格里高尔服兵役时的照片，他身着少尉制服，手按佩剑，笑得无忧无虑，他的仪态和制服让人看了顿生敬意。通往前厅的门打开了，公寓大门也大敞着，所以公寓前的平台和楼梯的前几级台阶都一览无余。

"好吧，"格里高尔开口说道，他很清楚自己是唯一保持镇静的人，"我马上就穿衣服，收拾样品，即刻启程。如何？你们愿意让我这么走吗？秘书主任先生，如您所见，我一点儿都不执拗，我还很乐意工作。出差固然使人身心俱疲，但不出差我就活不下去。您要去哪里，秘书主任先生？要去公司？对吧？您会如实汇报这一切吗？谁都可能出现无法胜任工作的短暂间隙，可这也正是他回顾自己过往成绩的绝佳时机。他能借此机会立志，障碍消除后更努力地工作，继续兢兢业业。我对老板的忠心，您是最清楚不过的了。更何况，我还要照料父母和妹妹。目前我虽身陷困境，可我总会打破桎梏，请不要再为难我了。请您在公司多为我美言几句！我知道，公司员工普遍都不喜欢旅行推销员。他们觉得，旅行推销员赚得盆满钵满，过得有滋有味。从未有人认真审视过这种刻板印象，但秘书主任您可比任何人都了解实际情况呀，窃以为，您甚至比老板本人都更清楚公司的大局。作为企业主，他极易被谣言左右，从而做出不利于某员工的误判。您知道，旅行推销员几乎整年不在办公室，动辄成为流言蜚语、偶发事件和造谣中伤的牺牲品。而旅行推销员对此几乎毫无抗衡之力，因为他们身为当事人往往毫不知情。等他们筋疲力尽地出完差回到家中，才晓得恶果竟落在了自己身上，连原因都无处可寻。秘书主任先生，先别走，您什么都还没跟我说呢。哪怕您只有一丁点儿认同我所讲的话，也请至少让我知道啊！"

但格里高尔才刚开口，秘书主任便将身子转向了别处。他噘着嘴，越过自己战栗的肩膀扭回头，望向格里高尔。格里高尔说话时，秘书主任却未做片刻停留，他一边目不转睛地盯着格里高尔，一边悄无声息地朝门口慢慢挪动。好似无形中有一道秘密禁令，不准他离开这个房间。他已经移到了前厅，索性加快速度迈出最后一步，猛地把脚从客厅抽离出去，动作之快，让人以为他刚灼伤了脚后跟。他从前厅朝楼梯远远地伸出右手，仿佛有超自然的救赎在那儿等着解救他。

格里高尔意识到，绝不能让秘书主任带着这种情绪离开，否则他的职位将面临极大的威胁。父母对这一切知之甚少，多年以来，他们早就形成了一种信念：只要格里高尔在这家公司上班，他们后半辈子便能高枕无忧。再说，眼下发生的事已然令他们心烦意乱，他们哪里还顾得上未来会发生的事。好在格里高尔有先见之明：必须把秘书主任留下来，好好安抚，继续加以说服，最终博得他的认可。格里高尔和全家人的未来都押在这上面了！如果此时妹妹在就好了！她很机灵；早在格里高尔肚皮朝天安生躺着的时候，她就未卜先知哭过了。她肯定能劝住秘书主任，毕竟他素有女性之友的美名。她或许会关上门，在前厅安慰他，消除他的恐慌。但这会儿妹妹偏偏不在，格里高尔只能靠自己应付。但他几乎忘了，他对自己的行动能力一无所知；他也没有充分考虑到，大家可能——甚至极有可能——仍然听不懂他的话；他就这样兀自离开倚着的半边门，从门缝挤过去，想朝秘书主任的方向走。秘书主任双手紧紧抓住公寓门口平台的栏杆，形态颇为滑稽可笑。格里高尔才稍微一动便摔倒在地，随之发出一声轻微的尖叫，而摔下去的同时他还在努力尝试寻找支撑点。那些小细腿刚一着地，他就备感舒适，全身通畅，这还是他当天早上头一次有这种感觉。他的小细腿们坚实地踩在地面上，十分听话，甚至起劲地把他带往想去的地方。他大喜过望，甚至开始相信，所有病痛会即刻消失。同时，他因动作受限而摇摇晃晃地在地板上爬行，已离陷入晕厥、瘫倒在地的母亲不远。正在格里高尔与她面面相觑的当口儿，母亲却突然惊跳爬起。她伸开双臂，十指大张，喊道："救命！天哪！快救救我！"她低垂着脑袋，似乎想把格里高尔看得更真切，可偏偏又身不由己地朝后退。她忘记了身后是一张摆满餐具的桌子，退到桌子边，她心不在焉地一屁股坐了下来；她好像根本没有察觉，身旁的大咖啡壶应声倒地，咖啡正汩汩地流进地毯。

"妈妈！妈妈！"格里高尔轻声呼喊，并抬头仰望她。此时此刻，他短暂地把秘书主任抛到九霄云外。格里高尔不由自主地抬起下巴，在空中咂摸了几下嘴巴，因为他看到了流动的咖啡液。见状，母亲的尖叫声再次响起，她逃离餐桌，扑进迎面而来的父亲怀里。一转眼，秘书主任已经在下楼梯了，格里高尔又无暇顾及自己的父母了；秘书主任把下巴搁在栏杆上，还回头看了最后一眼。格里高尔疾走几步，想赶快追上他。秘书主任必定有所察觉，因为他一跃而过好几级台阶，随后便不知所踪。"嚯！"他如释重负地长叹，声音响彻整个楼梯间。本来，到目前为止父亲相对较为冷静，但秘书主任的落荒而逃似乎也彻底扰乱了他的节奏。他自己非但没有前去追赶秘书主任，还试图阻止格里高尔的追逐：只见他右手抄起秘书主任的手杖——连同其帽子和外套一起，都落在沙发上——左手则从桌子上抓起一张大报纸，他一边重重地跺脚，一边挥动着手杖和报纸，想把格里高尔逼回自己的房间去。

格里高尔苦苦哀求，父亲不为所动。他百般示弱仍无济于事，不管他怎样频频扭头，恭顺地向父亲示意，父亲不仅不解其意，反而将双脚跺得更响。母亲在另一边站着，她不顾天气严寒，用力地打开了一扇窗户，把头伸出窗外，用手捂住脸。一阵风在巷子和楼梯间之间穿堂而过，吹起窗帘，吹起桌子上的报纸，其中几张被吹落在地，沙沙作响。父亲则继续步步紧逼，嘴里发出嘶嘶声，如同野人一般。由于格里高尔还没有练习过倒退，所以动作十分缓慢。如果允许他掉头，他应该马上就能回到自己房间；但掉转身体实在太过耗费时间，他担心父亲可能会因此失去耐心。而且父亲随时都会用手杖敲打他的背部或者头部，给他致命一击。但格里高尔最终别无他选，因为他在慌乱中意识到，倒退时他甚至连最基本的方向都掌握不好。于是他一边惊恐万分地侧头偷瞄父亲，一边想尽可能迅速地掉头，虽然实际上他的动作并不迅速，而是非常缓慢。也许父亲觉察到了他的良好意图，因此不仅没有对他做出过多干扰，还时不时地用手杖底端远远指挥着他转身。如果父亲不发出那令人难以忍受的嘶嘶声就好了！格里高尔让这声音搞得内心狂乱。他的身体几近回正，但由于嘶嘶声的干扰，他头昏脑涨，甚至又倒转回去一些。最后他总算把头挪到了门口，这才发现，他的身体过宽，根本挤不进去。但从父亲当下的情绪来看，他自然想不到把另一扇门也打开，好让格里高尔有足够的空间横行而过。父亲一心只想把格里高尔尽快弄回他自己的房间，所以断然不容许格里高尔再做各种烦琐的准备动作，以便先将身子直立起来，然后竖着穿过门口。在父亲看来，现在格里高尔的面前反而没有任何障碍，因此他大声叫嚷着催促格里高尔继续往前。格里高尔觉得身后众目睽睽，那催促声也已经不单是父亲一个人发出的了。这可不是闹着玩的，格里高尔拼尽全力，不计一切代价直往门里挤。他身体一侧悬空了，斜着卡在门口，腹部的一边撕扯擦裂，溢出的液体斑斑点点留在洁白的门上，煞是难看。不一会儿他就被完全卡住，丝毫动弹不得。一侧的小细腿在空中瑟瑟打战，另一侧的腿全被压在地上，疼痛不止。这时，父亲从后面猛地推了一把，助他实现了真正意义上的解脱。他腾空而起，鲜血直流，嗖地一下飞进了自己的房间。父亲立即用手杖把门给关上，屋子里终于重归寂静。

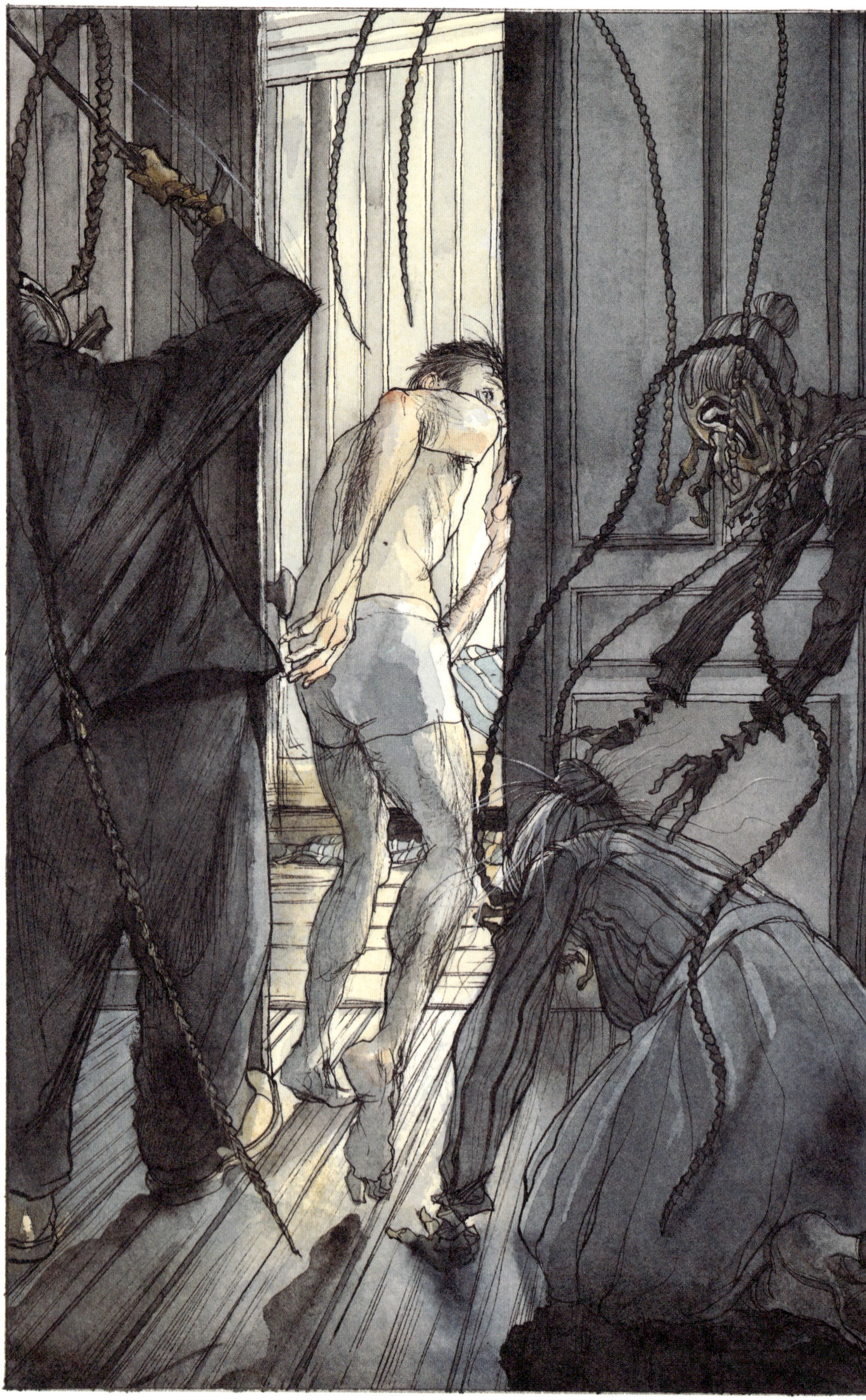

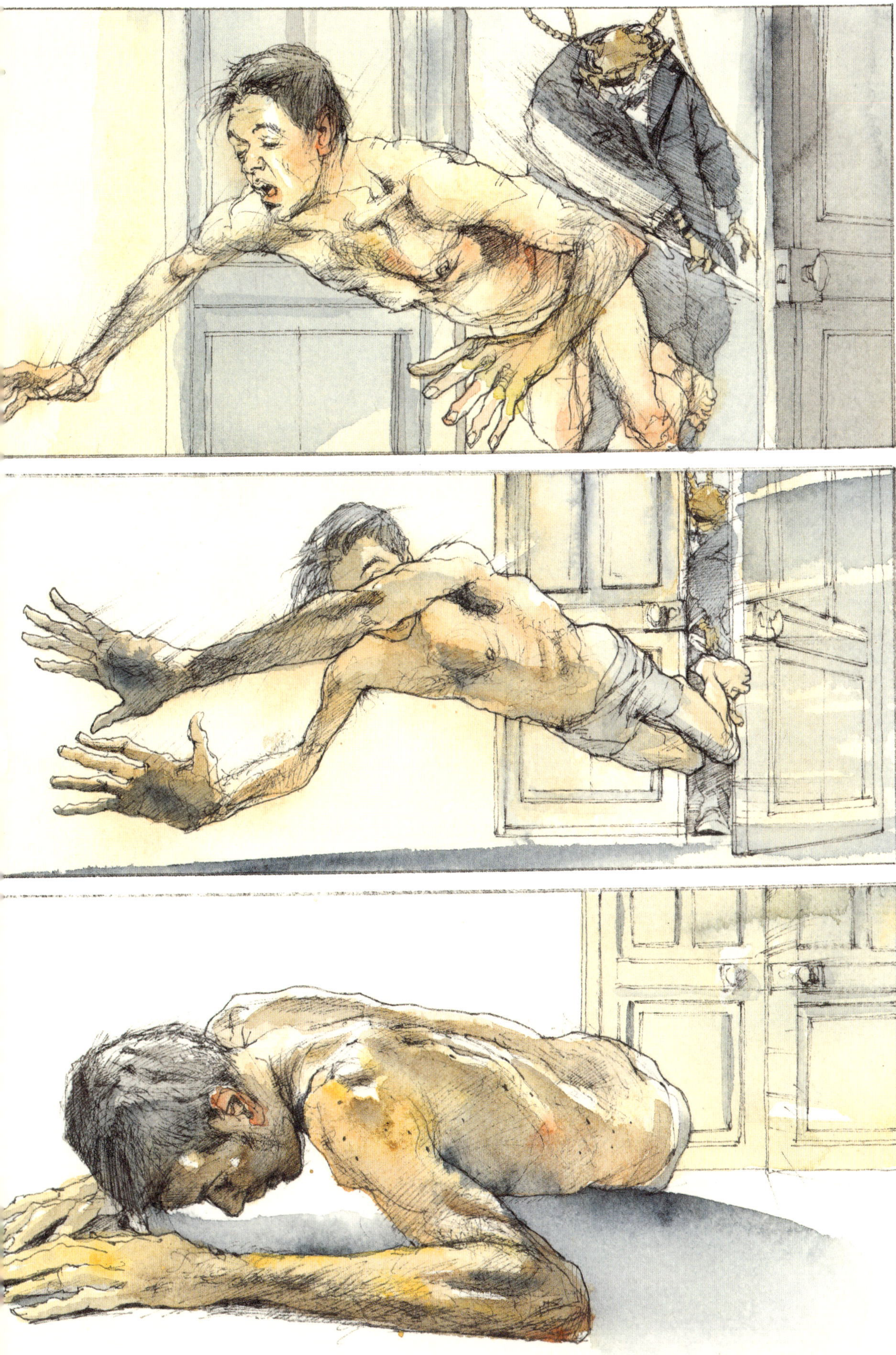

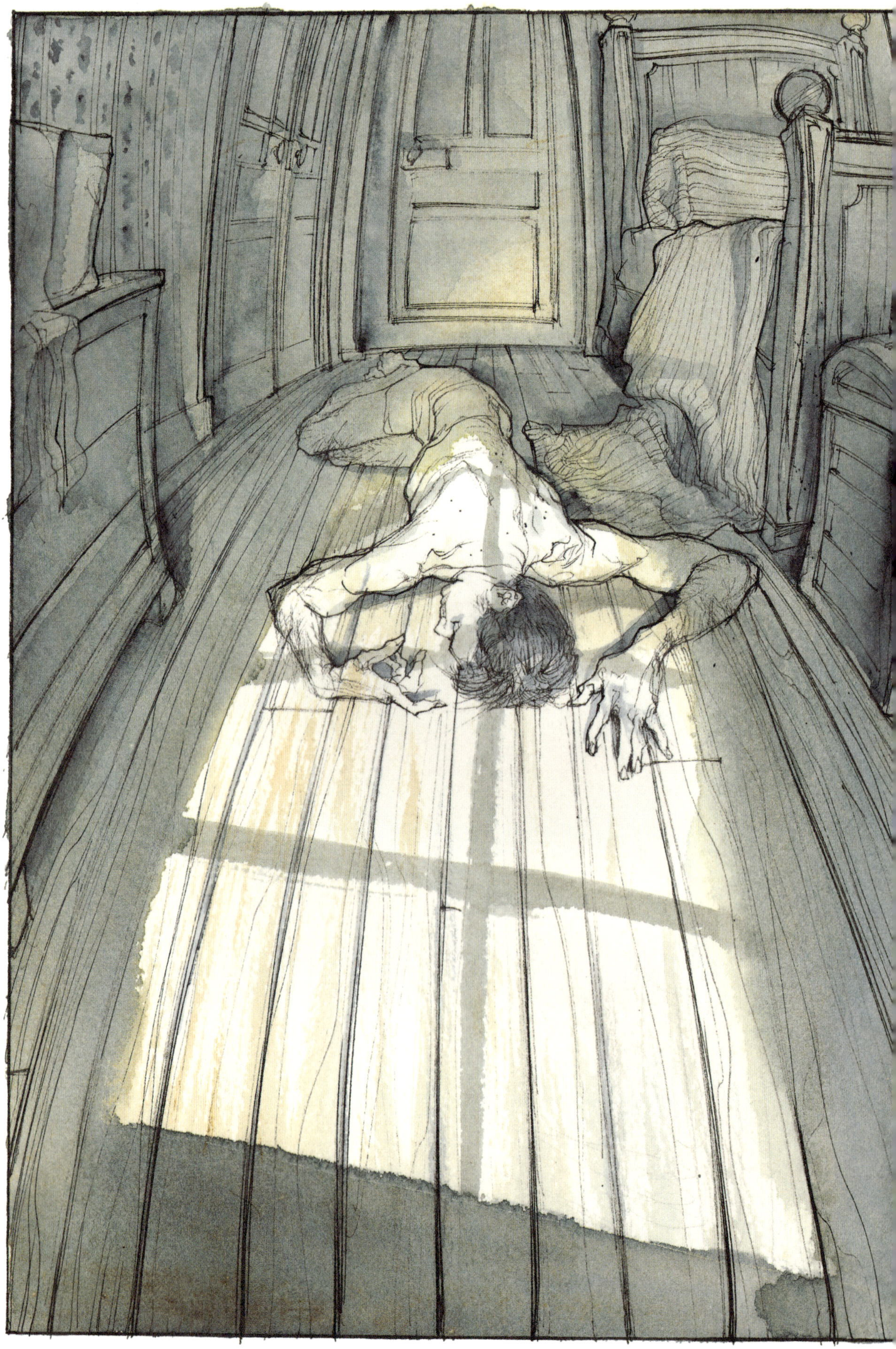

II

直到迟暮笼罩,格里高尔才从近乎昏迷的沉睡中醒过来。即便没人打扰,他肯定也很快就要自然醒了,因为他已感受到了睡饱之后的精力充沛和神清气爽。但他发觉,自己似乎是被一阵疾行的脚步声和轻轻关上前厅房门的声音给惊醒的。街灯光线苍白,稀稀拉拉地在天花板和家具高处投下光晕,可格里高尔所在的下面却漆黑一片。他缓慢又笨拙地用触角摸索着朝门口移动,想看看外面发生了什么。他也才刚知道,长着触角是多么管用。他的身体左侧似乎有一条长长的伤疤,伤疤绷得极紧,很难受,所以他现在只能瘸着行动。此外,有一条小腿在早晨的事件中受了重伤——但就只有一条受伤,这差不多算得上不幸中的万幸——现在只能把它僵直地拖在身后。

走到门口,格里高尔才恍然大悟,真正把他吸引过来的原来是食物散发出的香味。那里摆放着一只盛满甜牛奶的碗,里面还浮着几片切碎的白面包。他高兴得几乎要笑出声来,因为现在他比早上更饿。于是他一头扎进碗里,眼睛都快浸到牛奶中去了。但不一会儿他就失望地把头缩了回去;不单单由于那脆弱的左半边身子增加了他进食的难度——弄得他费很大力气才能吃到东西,还因为连他之前最喜欢喝的牛奶——肯定是妹妹特意给他端来的——现在都变得寡淡无味。他怀着近乎厌恶的心情,把头从碗边扭开,又爬回房间中央。

透过门缝,格里高尔看到客厅点亮了煤气灯。往常这个时候,父亲总会把下午出版的报纸大声朗读给母亲听,有时妹妹也一起听,可今天却没有半点动静。妹妹以前总爱在书信里或者聊天时向人提及家里的读报习惯,如今看来要成为过去时了。四周一片寂静,虽然房间里并非空无一人。"我们这一家过着多么清静的生活啊!"格里高尔一边暗自思忖,一边定定地凝视眼前的黑暗,一股强烈的自豪感油然而生:父母和妹妹能在如此舒适的公寓里过着这样优越的生活,全是他的功劳。然而,倘若当前所有的平静、舒适和满足都将以恐怖告终,那可如何是好?为了摆脱这种念头,格里高尔觉得最好还是动起来,于是他开始在房间里来回爬行。

长夜寂寂。有一回，格里高尔卧室的一扇侧门被推开了一条小缝；还有一回，另一扇侧门也被打开了一道缝，可惜都迅速又关上了。可能有人想进来看看，但又顾虑重重。格里高尔直接站到通往客厅的那扇门旁边，决意要请门外踌躇不决的访客进来，或者至少弄清楚这访客究竟是谁。然而门再也没有打开过，格里高尔苦苦等待，终是徒劳一场。当天早上，虽然卧室的所有门都反锁了，但大家无一例外均想破门而入，看他到底怎么了。此刻他打开了一扇门，其他两扇门显然白天也被打开过，钥匙还插在外面的锁孔里，却再也没有人想进来。

客厅的灯一直到深夜才熄，格里高尔发现，父母和妹妹熬到那时都还没睡。因为他们三人踮着脚尖、蹑手蹑脚离开客厅的声响，格里高尔听得清清楚楚。天亮之前肯定没人再来找格里高尔了，所以他有充足的时间，不受外界打扰地去思考，接下来如何重新安排自己的生活。他被父亲赶回这个房间，此刻无奈地趴在地板上，这房间高大空旷，却让他内心有种不可言说的恐惧，他自己也不明白为何，因为这可是他住了五年的地方啊！——他半是下意识半是恍惚地转身，略带羞赧，匆匆钻进了沙发底下。他顿时感到如释重负，尽管他的背部在沙发下面有些压抑，他连头都抬不起来。可叹美中不足：他的身体太过宽大，不能完全藏匿于沙发之下。

　　他在那里待了整整一晚，但由于饥肠辘辘，他一半时间处于半梦半醒的状态；另一半时间则忧心忡忡，自觉希望渺茫。他思前想后，只得出一个结论：眼下他必须冷静应对；因为从当前的情形来看，他势必会给家人带来诸多不便；他一定要耐心对待家人，并最大限度地设身处地为家人考虑，这样才能和家人共同安然度过由他无意中造成的混乱局面。

　　一大早天还没亮，格里高尔便找到了机会，检验自己刚下的决心是否坚定。因为当时恰巧妹妹已差不多穿戴整齐，从前厅打开了门，惴惴不安地向他房里张望。她一开始没发现他，心想："天哪！他一定躲在什么地方，否则他也不可能飞走啊。"随后在沙发下一看到他，她便大惊失色，以致不由自主地将门"砰"地从外面关上了。但她似乎马上就后悔了自己刚才的举动，旋即又打开门，踮着脚尖轻轻地走了进来。就像前来看望一个重病之人，甚至是一个陌生人。格里高尔把头伸到沙发边缘，默默观察她。她会不会留意到剩着的牛奶？能不能猜到这并不说明他不饿？她会不会拿来一些其他更合他胃口的食物？如果妹妹没有自己发现这些情况，那他宁可饿死，也不愿提醒她，尽管他此刻真的很想

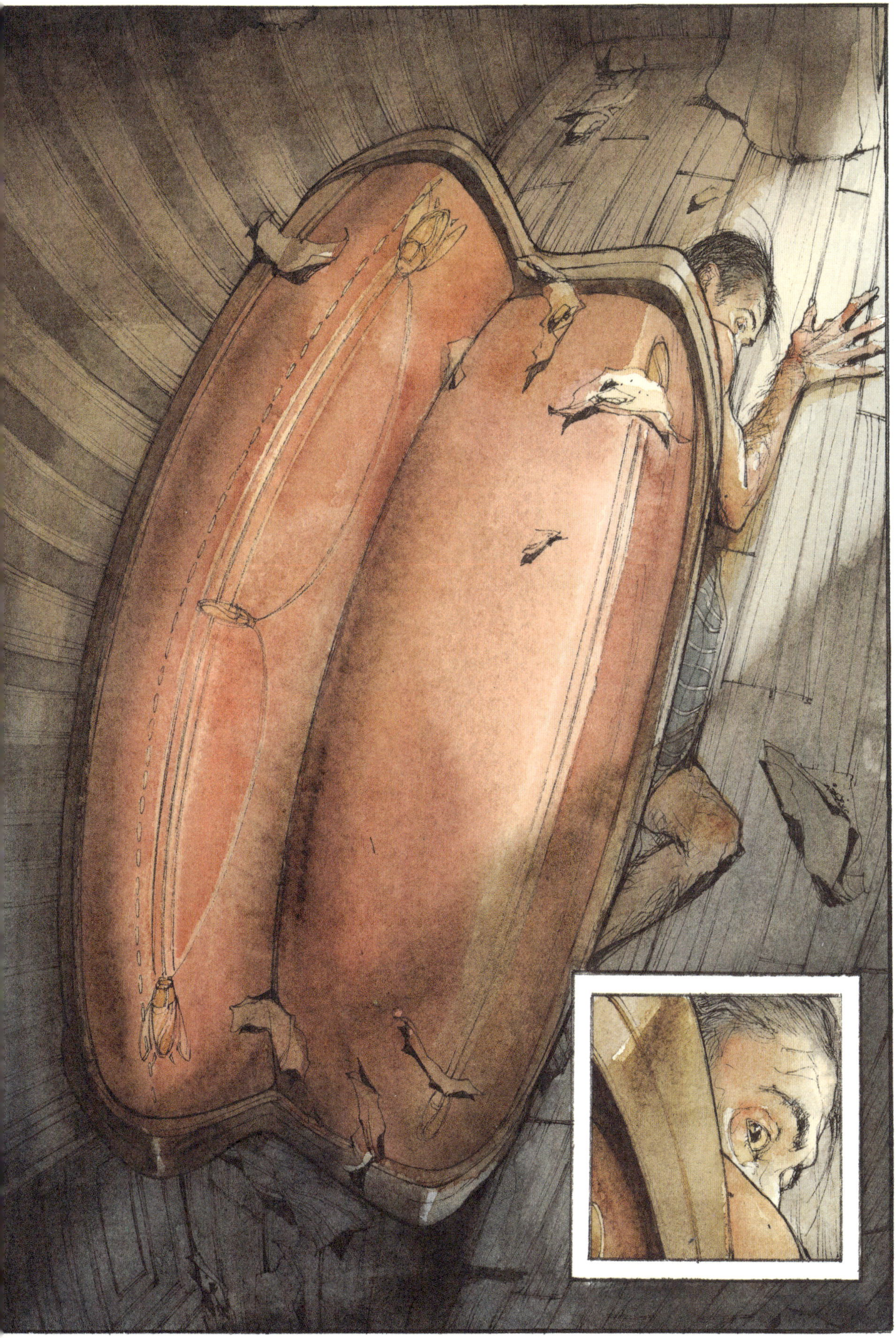

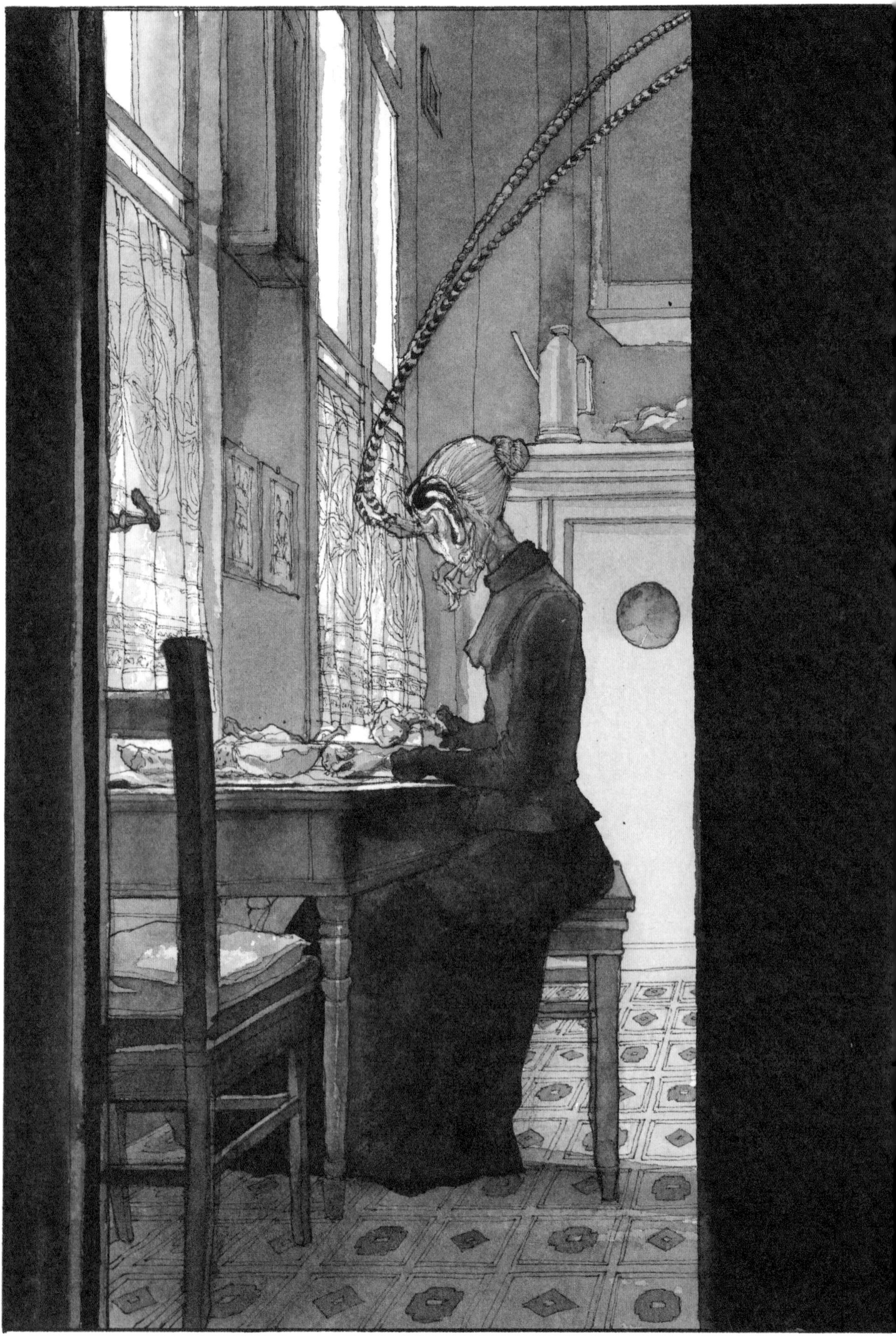

从沙发底下钻出去，跪在妹妹面前，求她给他拿点好吃的。好在妹妹马上就注意到了，她很讶异，除了少许牛奶溅出碗外，装牛奶的碗居然还满着。她立刻把碗端起来拿了出去，但并非直接用手，而是垫着一块布。格里高尔十分好奇她会重新拿些什么东西，他暗自做出种种猜测，可他一如既往总也猜不到，向来好心的妹妹会怎么做。为了测试他的口味，她给他送来品类繁多的各种食物，全都摊在一张旧报纸上：有腐烂的蔬菜；有昨晚吃剩的骨头，上面还沾着凝固变稠的白色调味汁；还有一些葡萄干和杏仁；一片奶酪，正是格里高尔前两天说过已经不能吃的那片；一块干面包，一块涂了黄油的面包，一块抹了盐的黄油面包。此外，她又放下了那只碗，碗里盛了些水，想必这只碗大概从此成为格里高尔的专用餐具了。她知道格里高尔不会当着她的面吃东西，于是赶紧匆匆离开了，关门的时候还贴心地转动一下钥匙。格里高尔明白了妹妹的良苦用心，晓得自己现在可以随心所欲地自由活动。要去吃东西了，格里高尔的小细腿跑得飞快。他的伤口肯定已经完全愈合了，因为他此时行动自如，毫不费力。对此他觉得匪夷所思，回想起一个多月前他的手指被刀划破了个小口，直到前天伤口还隐隐作痛。"我现在应该没那么敏感了？"他一边想着，一边贪婪地吮吸那块奶酪；面前所有的食物中，奶酪对他最有吸引力。他飞速吃光了奶酪、蔬菜和酱汁，吃得心满意足，不禁热泪盈眶。新鲜的食物他一点都不爱吃，甚至无法忍受它们的气味，因此他不得不把自己想吃的腐臭食物拖到离它们远一些的地方去。他食饱餍足，便顺势懒洋洋地躺在原地。当妹妹慢慢转动钥匙、示意他该退回去时，他吓得立刻清醒过来。尽管他前一秒都快睡着了，此时还是忙不迭地钻回沙发底下。即使妹妹只在这里停留片刻，他也需要极力克制自己，乖乖待在沙发下面。由于刚刚大快朵颐，这会儿他的肚子鼓起来了，在沙发下逼仄的空间里，他感觉呼吸困难。格里高尔喘不过气，双目无神，直直地盯着外面，看着对他的一切丝毫没有注意的妹妹，她手里正拿着扫帚，把他吃剩的残渣碎屑扫起来，甚至连他碰都未碰的食物也一并扫走，似乎这些东西都不能吃了。然后她草草地将所有东西倒进垃圾桶里，拿木盖子盖好，提着桶走了。她刚一转身，格里高尔就从沙发底下爬了出来，他大口大口地喘气，身体终于得到了舒展。

就这样，格里高尔每日都有饭吃。第一顿是早上，那时父母和女佣都还没有起床。第二顿则在大家用完午饭之后，那会儿父母要小憩一下，妹妹则会支走女佣，让她去做些别的事情。毕竟，他们都不愿把格里高尔饿死。父母大概不忍亲自查看格里高尔的进食情况，他们满足于从妹妹口中对此稍做了解。或许妹妹也不想再因此给父母徒增一丁点儿的悲伤，因为他们实在已经承受了太多痛苦。

格里高尔无从得知，第一天早上大家用什么借口打发走了医生和锁匠。没人能听懂他的话，所以也就没人会想到他能听懂人的话，就连妹妹也没料到。于是，妹妹来他房间时几乎不怎么说话，只是偶尔叹息和祈祷。后来，她对发生的变故慢慢习以为常——当然绝不可能完全习惯——格里高尔才能从她口中听到一些友善的话，或者说能够被解读为友善的话。如果格里高尔将吃食一扫而光，她会说："今天食物很符合他的胃口。"但如果食物原封不动剩在那儿，尤其是这种情况日益频繁地出现，她就会难过地说："又是什么也没吃。"

虽然格里高尔不能直接获取外界的最新动态，有时却可以从隔壁房间听到一些消息。所以但凡外面有一点动静，他就立刻跑到离声源最近的门边，整个身子贴在门板上。特别在最开始的那段时间，基本所有对话都或多或少与他相关，不管是明着谈的还是咬耳朵说的悄悄话。整整两天，每到饭点，都能听到大家边吃边讲，商量接下来该怎么办。即便是饭前饭后，大家也仍然在继续讨论同一个话题。因为没人愿意独自在家，但家里又绝不能没人，结果便是至少有两个人同时在家。早在事故发生的第一天，

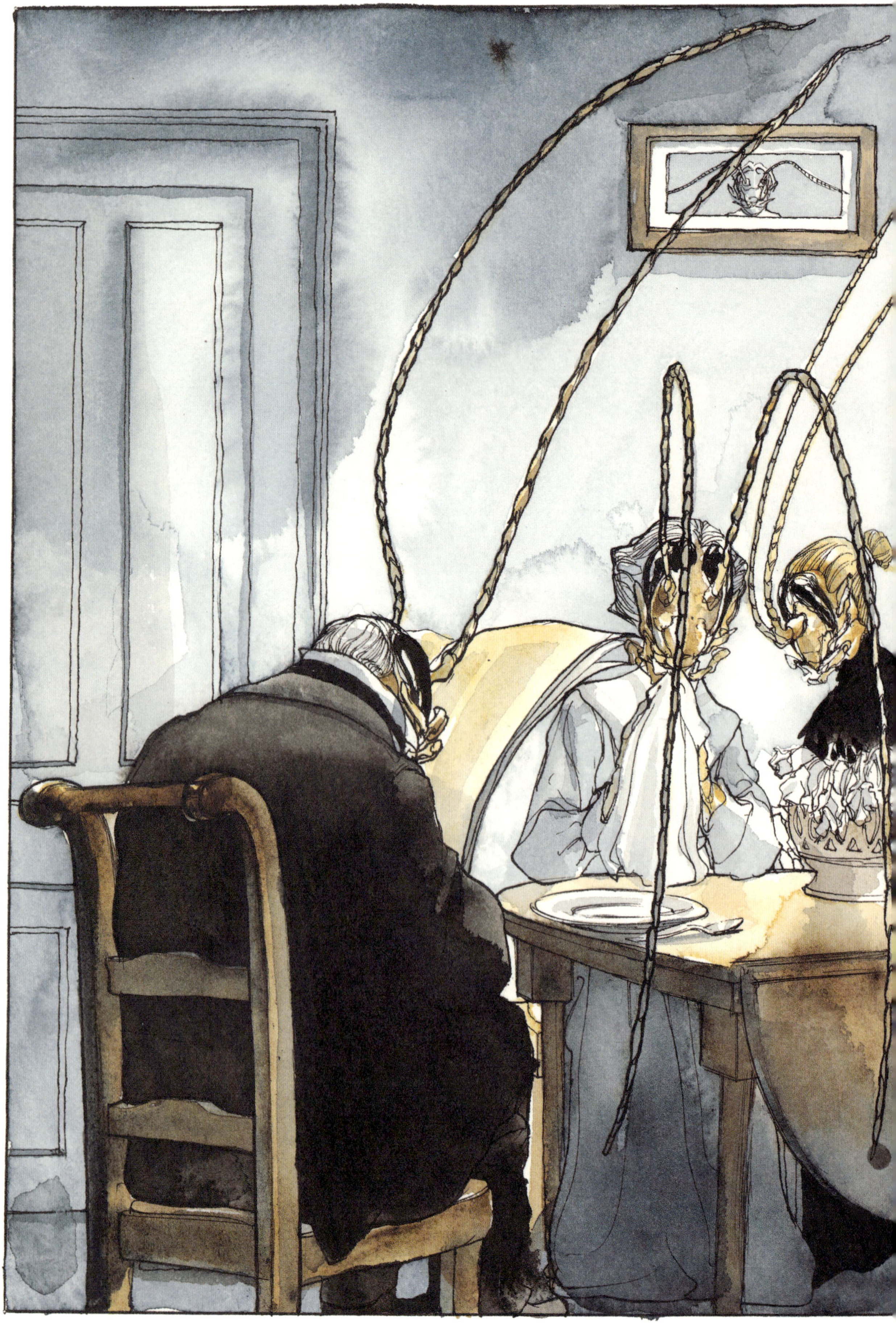

女佣就决绝地跪在地上,哀求母亲立即解雇她。至于她对发生之事知道些什么,具体知道多少,大家不甚清楚。获允之后她仅用了一刻钟收拾行囊,临行告别时,她声泪俱下地感谢主家辞退,好像辞退对她是莫大的恩典;而且她还主动发誓,不会向任何人透露半点这个家里的消息。

到如今,妹妹得和母亲一起下厨做饭。不过也算不上多辛苦,因为全家都食不下咽。格里高尔经常听一个人白费心思地劝另一个人多吃饭,而得到的回答却总是:"谢谢,我吃饱了。"或诸如此类的话。吃饭时,大家可能也没什么心思喝酒。有一次,妹妹问父亲要不要喝啤酒,她殷勤地表示自己愿意为父亲去买啤酒。父亲沉默不语,妹妹为打消他的顾虑,继续说也可以让管家去买。但最后父亲大声抛出"不要"一词,大家便再也不敢提起这个话题。

事发当天,父亲就已经详细告知了母亲和妹妹,家中的全部财产状况以及未来前景如何。他不时在桌子旁起身,从小保险箱里拿出若干收据或一本账簿,保险箱还是他五年前生意破产时留下来的。格里高尔清晰地听到,父亲打开了极为复杂的锁,将箱子里的东西取出后,又重新锁上。自格里高尔幽居房间以来,父亲的这番话多少算得上第一件让他高兴的事。他一度以为，父亲在那场生意中赔得血本无归。至少父亲之前从未否认过这点，而格里高尔也没有仔细问过他。那时，格里高尔殚精竭虑，只想尽最大努力，让全家尽快从生意失败的阴影中走出来，不再因此心灰意冷，一蹶不振。从此，他对工作投注莫大的热情，几乎在一夜之间从一个小职员变成一名旅行推销员。这个职位具有截然不同的赚钱方式，他的业绩也马上由佣金转换成看得见摸得着的现金。这现金放到家里桌子上，全家人都大为赞叹，眉开眼笑。那是多么美好的时刻啊，之后再未重现，至少没有带着这样的光环再现过。虽然后来格里高尔也挣了很多钱，能够以一己之力承担全家的开销，并且多年如一日地坚持着，但大家都已习惯了，不仅是家人，连格里高尔自己也习以为常。家人接受钱财，感激万分；格里高尔交付所有，心甘情愿，他们之间仅此而已，没有更多温情。只有妹妹依然与格里高尔很亲近，他暗中筹划着，明年把她送进音乐学院。不管花费多少钱，他都会想方设法再挣回来。与格里高尔不同，妹妹非常喜欢音乐，擅长小提琴演奏。每次格里高尔在城中的家里短暂停留时，都会与妹妹谈起音乐学院。但音乐学院始终只是一个美好的愿景，何日实现可想都不敢想。就连有意无意地顺带提及音乐学院，父母都表示不愿听；但格里高尔已下定决心，计划在圣诞夜将这件事郑重地宣之于众。

眼下他正挺直身子，贴在门板上偷听。他的脑海中时不时地萌生一些想法，但以他现在的状态，再多的想法都没有用。有时候，由于感到全身疲惫不堪，他便无法再专注地听下去，而用头漫不经心地撞着门，但他一意识到自己的行为，就马上停止了这个动作。因为尽管他弄出的声音不大，隔壁的人还是听见了，大家立即默不作声。过了一会儿，父亲显然冲着门说："他究竟在干什么呢？"间歇之后，大家才重新慢慢开始继续刚才中断的谈话。

现在格里高尔掌握了足够多的信息——多亏父亲一遍遍反复解释，一方面是因为他自己很久没有操心过这些事情了，需要自我梳理；另一方面是因为母亲头一次听到这些事情，不见得很快就能全然理解——尽管父亲当时生意失败，但仍然留下了一笔小小的存款，这几年没有动用过利息，所以钱的总数还略有增加。此外，格里高尔每月拿回家的钱——他自己只留几个莱茵盾零花——也没有全花光，经年累月积攒下来也算一小笔资金了。门后的格里高尔边听边连连点头，他从未料到家人竟如此谨慎、节俭，对他来说真称得上意外之喜。本来，他也曾考虑用每月多出的那笔钱偿还父亲欠老板的债务，这样他就能早日摆脱这个职位了。但现在看来，父亲的理财方式无疑更为妥帖。

不过，若全家人想靠利息过活，这点钱远远不够，它大概仅够维系全家一年，至多两年的生活。作为紧急备用金，这本就是一笔不该动用的钱；日常生活开支所需的钱必须有人另外去挣。眼下父亲虽身体康健，但年事渐高，而且已有五年不曾工作，不能把所有希望都寄托在他一人身上。他一辈子劳累奔波，却一事无成，这五年算是他人生中第一个真正意义上的假期；他吃胖了很多，也因此变得相当笨拙。那难道让老母亲出去挣钱吗？她患有哮喘，在公寓里来回踱踱步，她已觉十分吃力，每隔一天就喘得几乎上不来气，只能打开窗躺在沙发上。妹妹才十七岁，还是个孩子。迄今为止，她一直过着很快乐的生活，每天打扮得漂漂亮亮，睡睡懒觉，帮忙做做家务，再参加一些优雅的社交活动，况且她的主要任务是拉小提琴。难道让妹妹出去挣钱吗？每次家人们谈及出去挣钱的必要性，格里高尔总会从门后走开，一头倒在门口沁凉的沙发上。他羞愧又难过，整个身子燥热不堪。

他经常整宿趴在那儿，一刻也睡不着，他在皮沙发上又拱又蹭，一连好几个小时皆如此。有时，他会十分费力地将一把椅子推向窗户，然后爬上窗台，倚窗而立，保险起见他从后面用椅子撑住自己。他这么做，显然是想重温往日凭窗远眺时那种超然解脱的感觉。因为随着时间的流逝，即便是距离不远的东西，他也

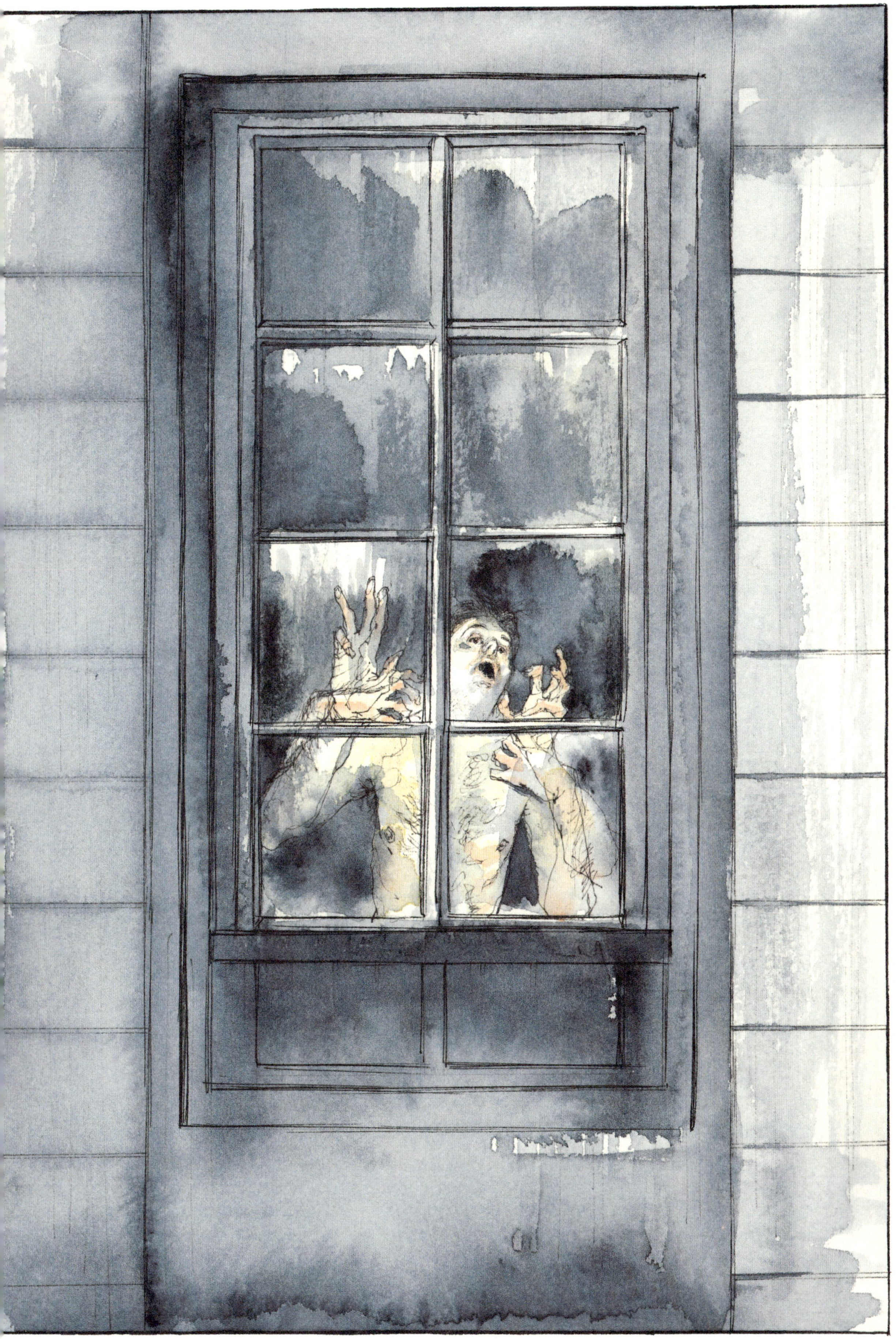

越发看不清楚了。由于街对面的医院离他的房间太近，过去他常常因此暗暗咒骂，可这会儿他连医院都看不见了。他确定自己仍然住在虽安静却繁华的夏洛腾大街，否则他可能真的以为窗外本就一片荒芜。天空灰蒙蒙的，大地也是灰的，天地融为一体，难以分辨。细心的妹妹有两次看到椅子在窗户旁边，此后她每次整理完房间都把椅子再推到窗户旁，并把内侧窗户打开。

如果格里高尔能够和妹妹说话，可以为她所做的一切开口道谢，他或许能更心安理得地接受她的服务，可现在他的内心却备受煎熬。妹妹也在努力，试图缓解当前尴尬的局面。时间一天天过去，她的成效日益明显，格里高尔也更加透彻地洞悉了一切。妹妹日常进入格里高尔的房间时，便会吓他一跳。她一打开门，就风风火火地小跑起来；尽管她之前很注意，避免让别人看到格里高尔的房间，可现在她连门都顾不上关便径直跑向窗户；如同快要窒息一样，她手上速度飞快，将窗户"哗"地一下推开。天气再冷，她也要在窗前停留片刻，深深地吸两口气。每天都有两次，格里高尔差不多要被她的奔跑和接二连三的声响吓死。所以妹妹进来的时候，他不得不一直待在沙发下面，哆哆嗦嗦。但他心里明白，妹妹也有难处：如果她真能受得了和现在的格里高尔一起待在他不开窗户的房间，她又何必这么折腾他呢。

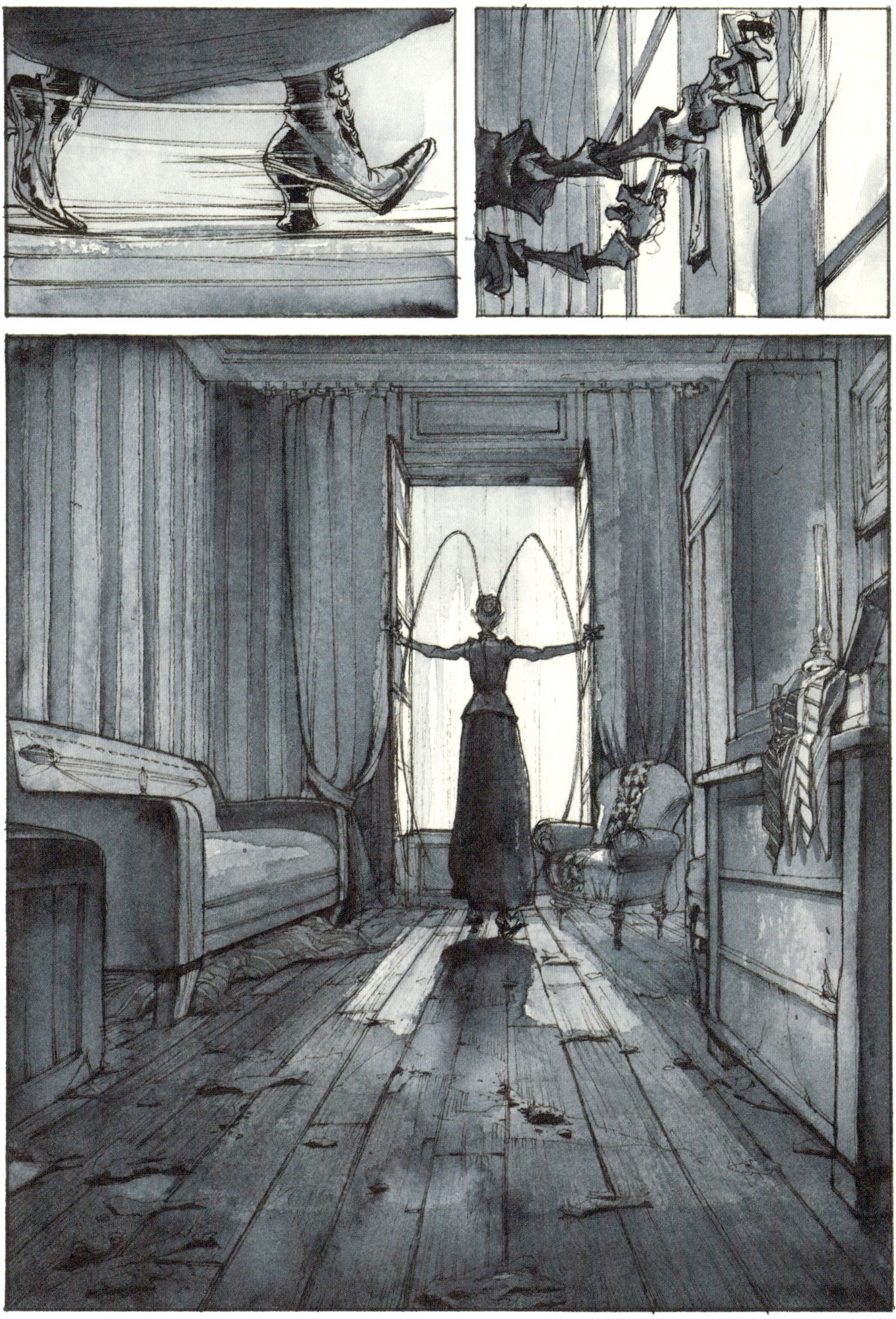

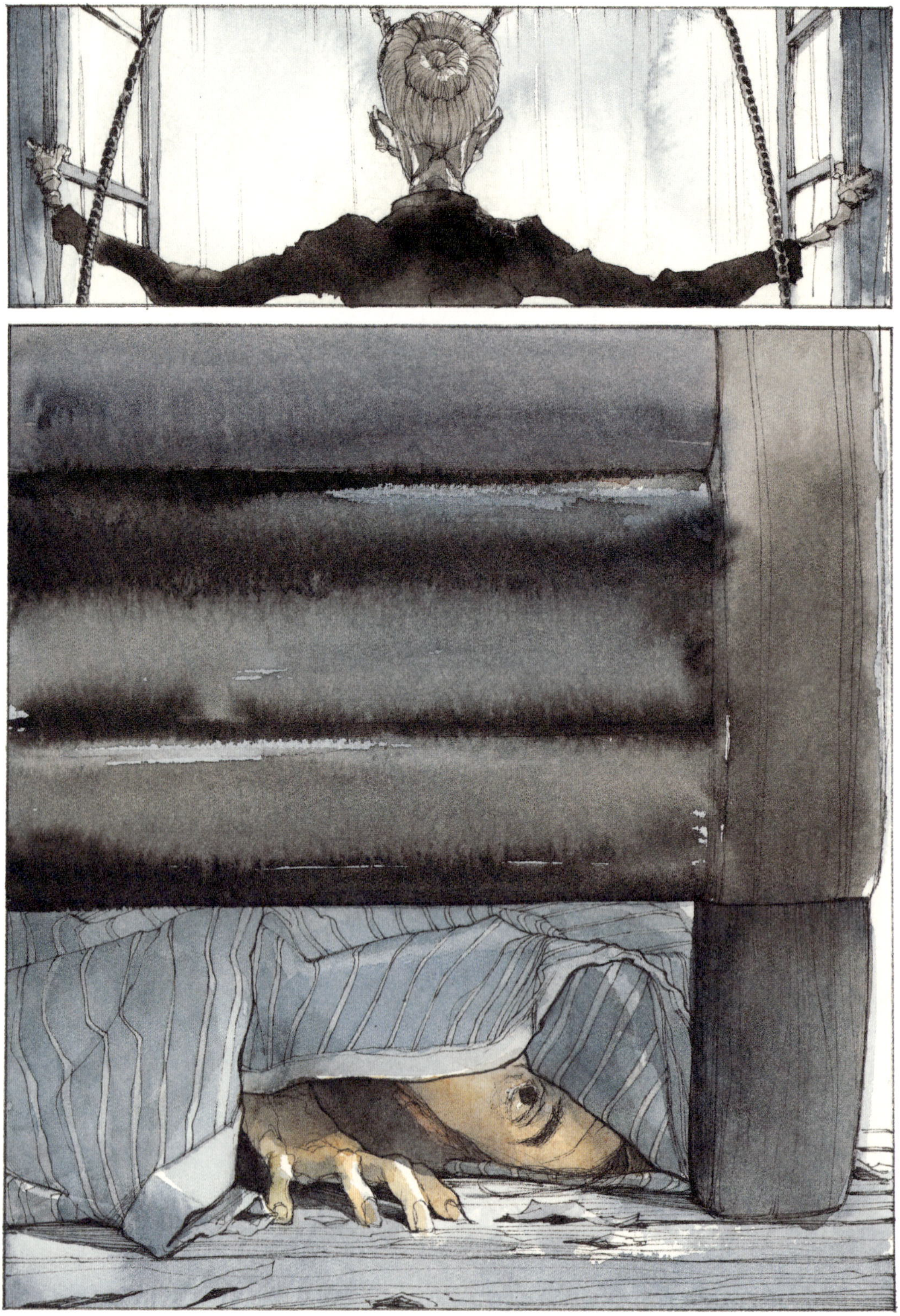

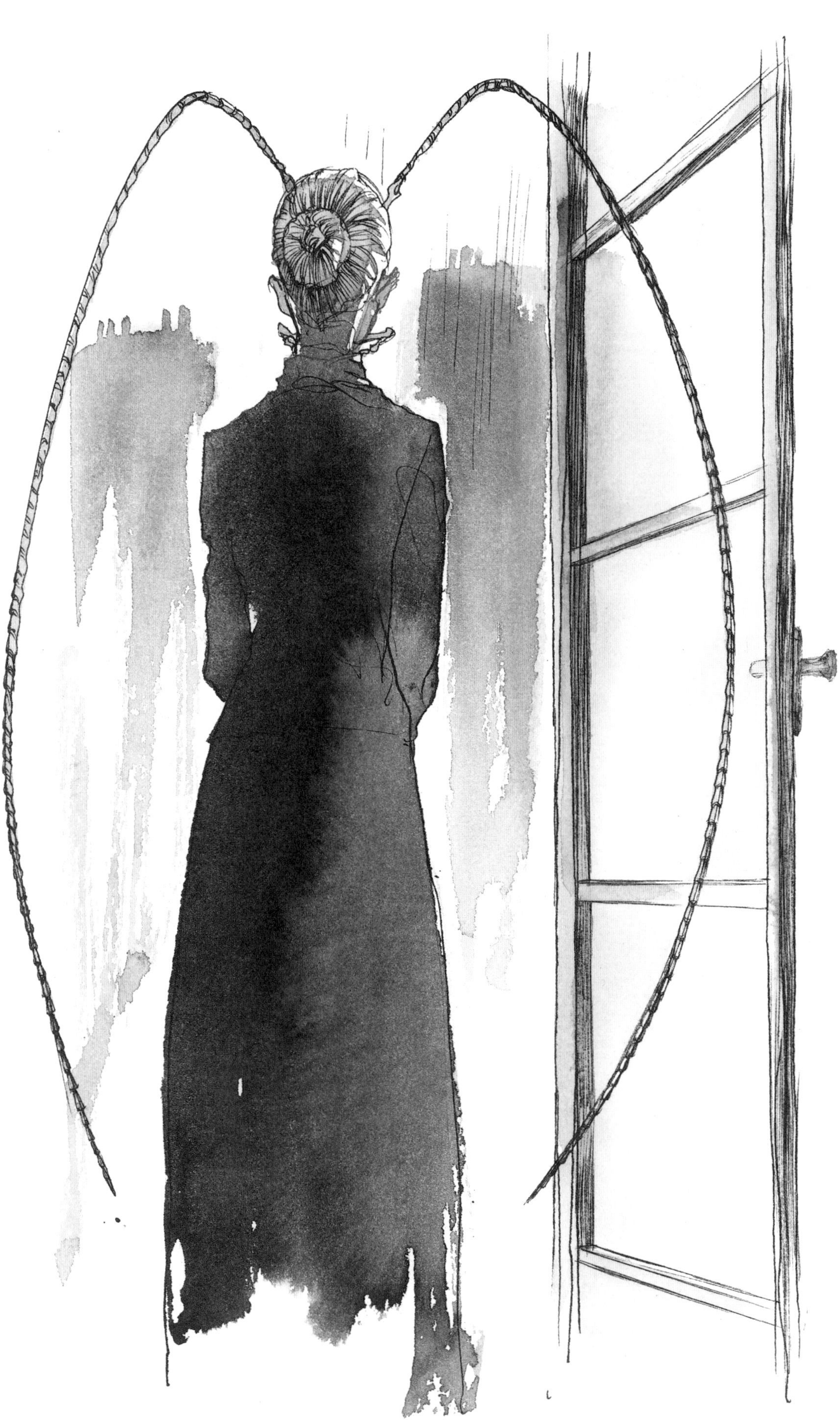

有一次，大约在格里高尔变成甲虫一个月之后，他本以为妹妹应该已不至于再被他的外形吓到了。那天，她比往常稍早一些打开了房间门，碰巧撞见他立得笔直，一动不动地盯着窗外，模样可怖。如果她因此没有走进房间，倒也不会让格里高尔觉得意外，因为他所在的位置刚好阻挡了妹妹进门之后过去开窗的路。可她不仅没有进来，甚至还立马倒退了一步，并迅速关上了门。若不明所以的人看到这个场景，可能会揣测格里高尔在房间伺机而动，要咬妹妹。格里高尔当然急忙躲到沙发底下，可他一直等到中午，妹妹才再次鼓起勇气进来，看得出她似乎比以往更加不安。从妹妹的反应他推断出，她依然无法接受格里高尔的外形，今后再看到他，她始终会觉得难以忍受；或许仅是看到沙发底下格里高尔露出的一小部分身体，她都得极力自我克制，才不至于立刻仓皇逃离。为了避免让她看到自己的身体，有一天他花了四个小时，用后背把一块布铺到沙发上，经过刻意调整，使布垂下来完全遮住自己的身体，即便妹妹弯腰也看不到他。如果她认为压根儿没有必要铺这块布，那她尽管把它拿走，毕竟格里高尔当然也不想把自己完全封闭隔绝起来。然而妹妹并没有动那块布，任它这么铺着。有一次，格里高尔用头把布拱起来，拨开一条缝，想观察妹妹对这一新布置的反应，他竟从妹妹投来的目光中读出了感激。

最开始的两周，父母没有勇气面对格里高尔。他经常听见，他们如何对妹妹的所作所为赞赏有加；而在此之前，他们往往对妹妹感到恼火，因为他们总觉得她是一个不中用的女孩儿。如今每当妹妹在房间里收拾，父亲和母亲就双双候在格里高尔门前。她一出来，就得马上向他们描述房间里的情况，事无巨细：包括格里高尔吃了什么东西，这回看起来情况怎么样，是否有好转的迹象。母亲倒想尽快去看望格里高尔，起先父亲和妹妹只需对她晓之以理，便打消了她这个念头。格里高尔屏息凝神，仔细听过那些理由，他也完全赞同。可到后来，他们只能强行阻止母亲去看格里高尔，她大声呼喊道："让我看格里高尔一眼吧，我可怜的儿子啊！你们难道不理解吗？我必须得去看他！"每每这时，格里高尔就想，或许让母亲进来也不错。当然不是每天都来，可能一周一次比较好，她比妹妹更洞彻事理。虽然妹妹勇气可嘉，但她毕竟只是个孩子，或许正是因为她年幼无知才承担了如此艰巨的任务。

很快，格里高尔想见母亲的愿望便实现了。考虑到父母的感受，格里高尔白天并不愿在窗户附近出现。总共几平方米大的地板上，他爬不了多远，而夜里他得一直安安静静地趴着不动，于是不多久他就变得度日维艰。紧接着，连进食也无法使他产生丝

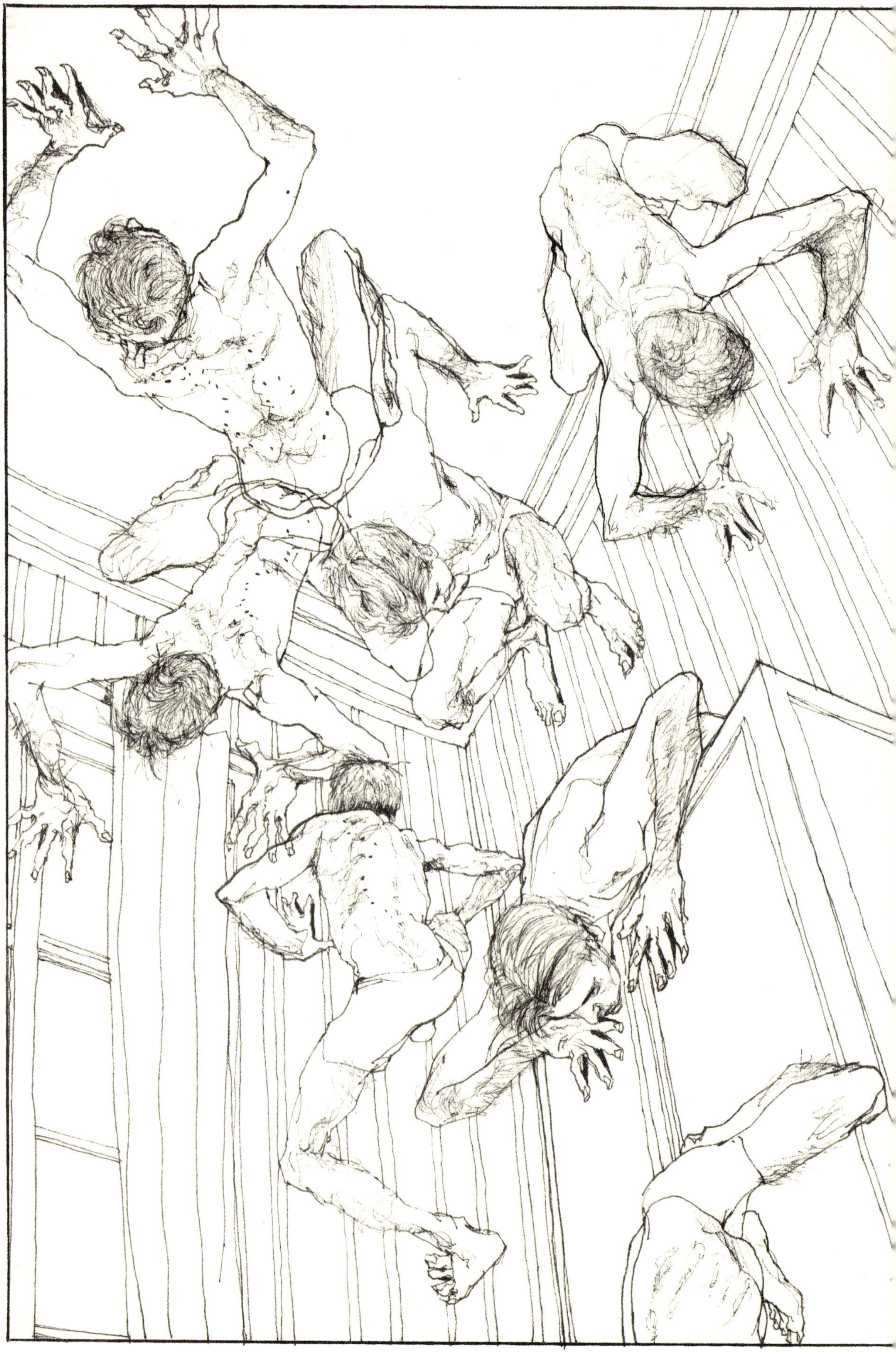

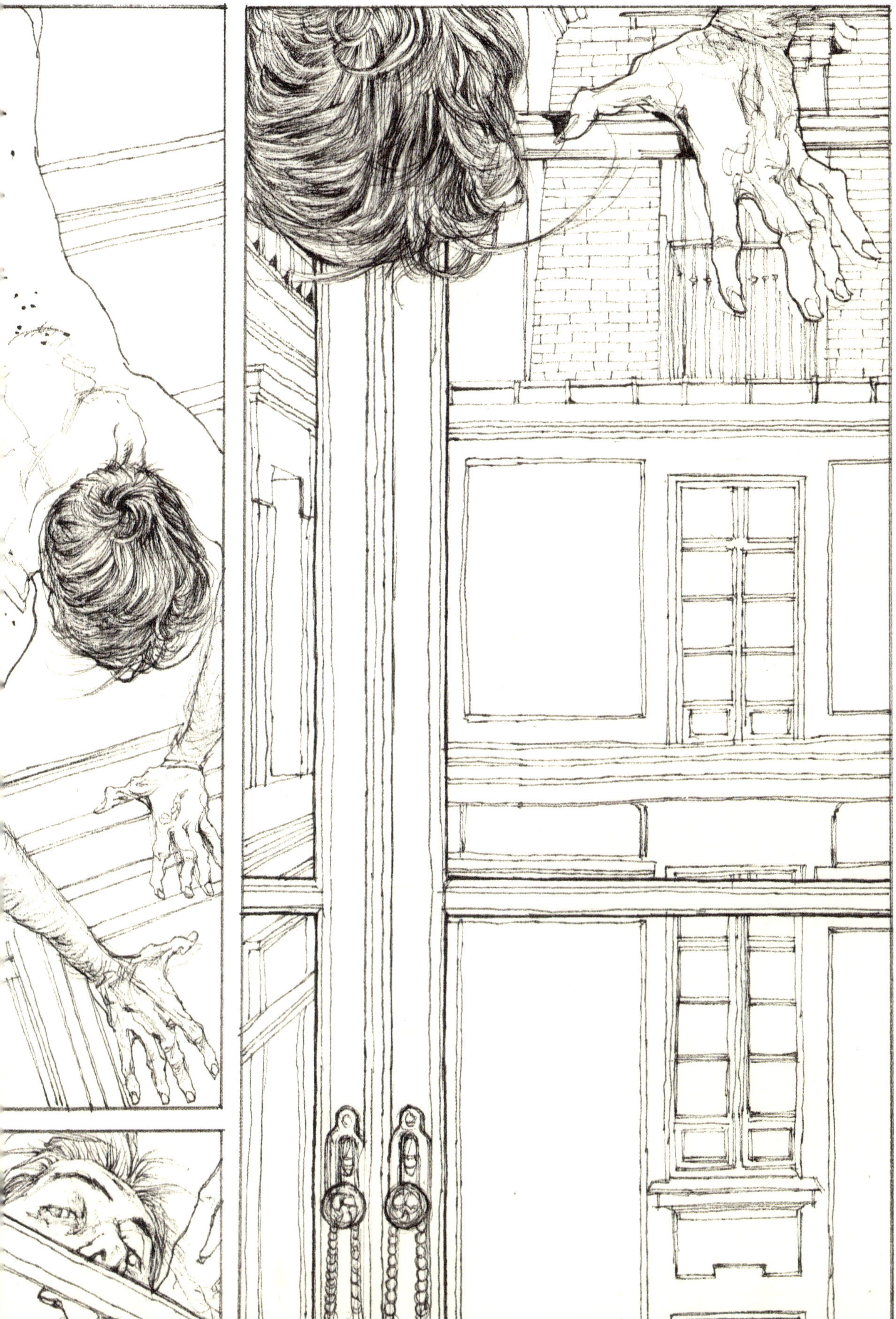

毫愉悦，为了消遣，他养成了在墙壁和天花板上爬来爬去的习惯。他特别喜欢倒挂在天花板上，跟平躺在地板上相比，感受完全不同。如此他可以更加自由地呼吸，身子也能轻微地荡来荡去。就这样，格里高尔获得了不可言喻的幸福感，他的整个身子都飘飘然，所以他不自觉地松开了小细腿，结果直直地摔在地上。相较之前，格里高尔如今对身体的控制力大有长进，即便从这么高的地方摔下来，他也没有受伤。妹妹立即注意到了格里高尔自娱自乐的新方式，因为他爬行时到处都留下了黏液的痕迹。于是她的脑海中闪出一个念头，要让格里高尔在更大范围内爬行，她打算把有碍行动的家具都搬出去，尤其是柜子和写字台。但仅凭她自己的力量可搬不动，她不敢请父亲帮忙，女佣肯定也不会帮助她。家里的女佣十六岁左右，上一任厨师被解雇之后，虽然她勇敢地留了下来，但也提出了特殊要求：允许她一直锁着厨房门在里面工作，除非有人叫她，否则她不会轻易开门。因此妹妹也没别的办法，只能趁着一次父亲不在家，去把母亲叫来帮忙。母亲惊喜万分，一边兴奋地大喊，一边跑了过来，到格里高尔门口时她却突然沉默了。妹妹自然身先士卒，进去房间查看，确定无异样，才让母亲进来。格里高尔连忙把那块布拉得更低，并弄出许多褶皱，使整块布看起来像是随意扔在沙发上一样。这次，格里高尔也没敢从布后面朝外偷窥，他放弃了正视母亲的机会，母亲

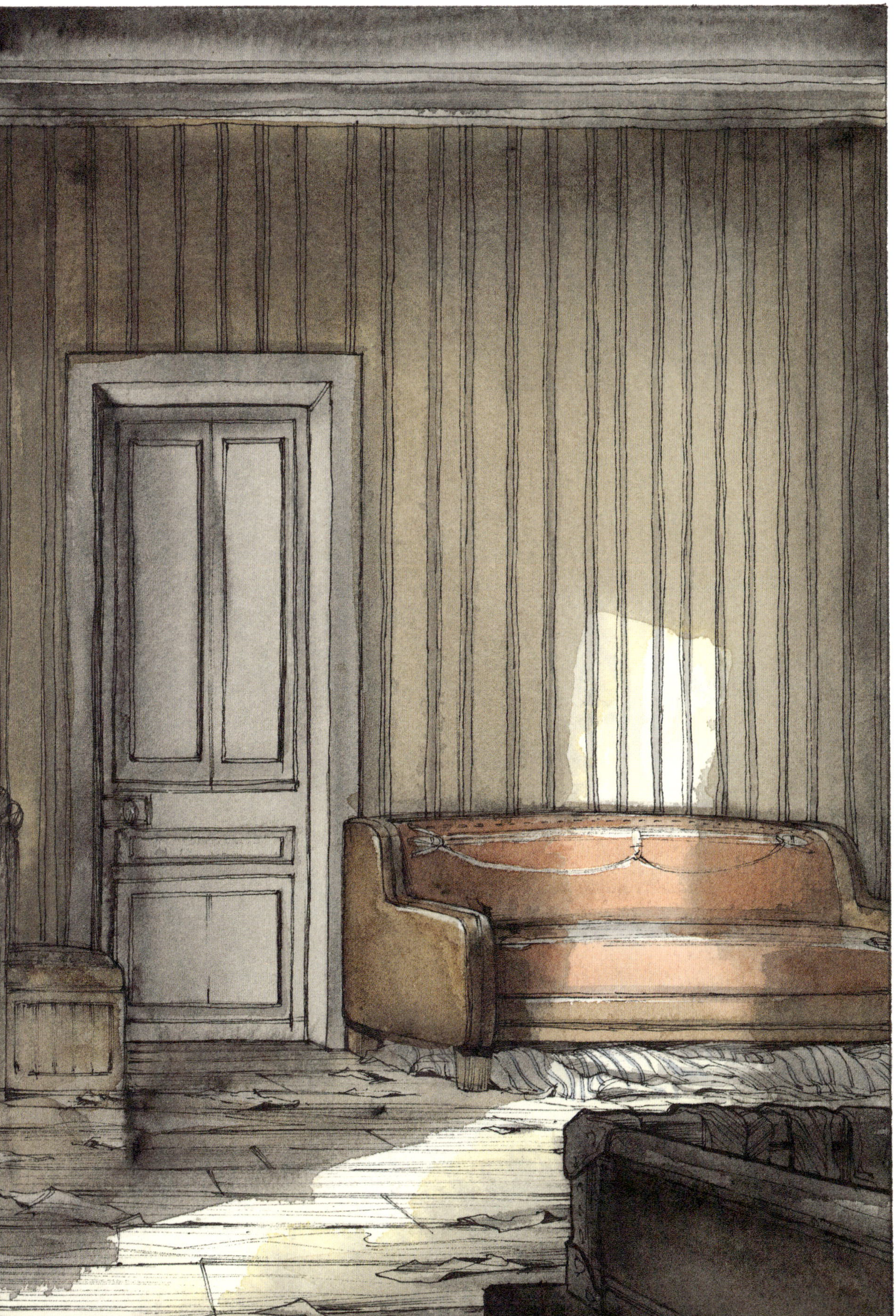

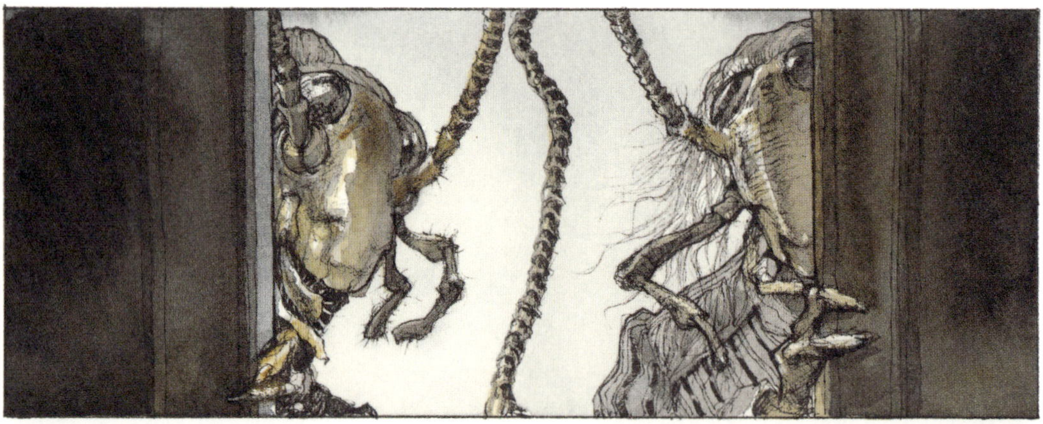

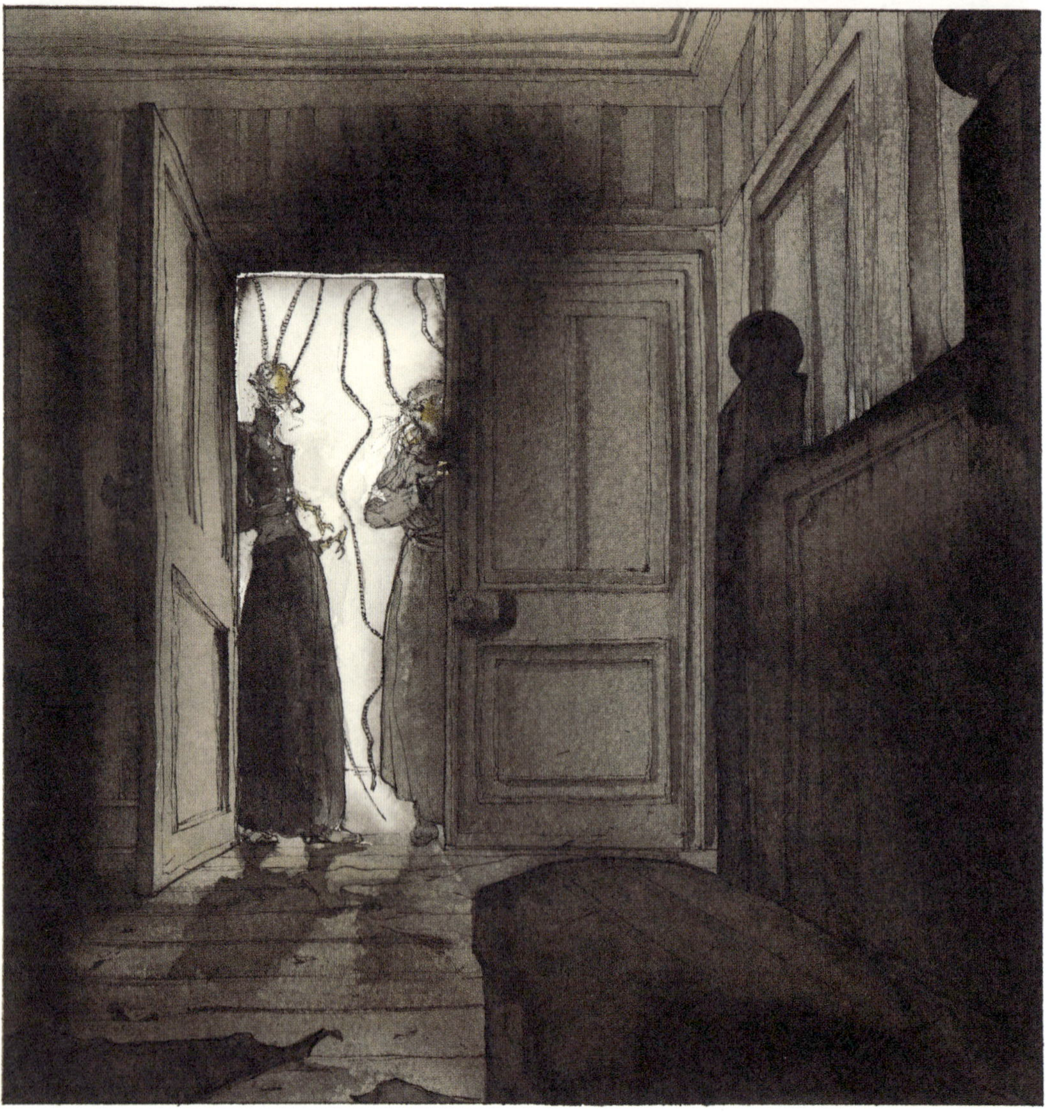

能进来看他,他就已经很高兴了。"来这边,他躲起来了。"妹妹说,很显然,她正牵着母亲的手带她向前。随后格里高尔听到,两个弱不禁风的女子如何把那个沉甸甸的旧柜子从原来的位置上挪开,妹妹又如何主动挑重活干;母亲担心她太过劳累,好意相劝,妹妹也不听劝告。她们花了很长时间挪柜子,大概辛辛苦苦弄了十五分钟,母亲又觉得最好还是把柜子留在原地。一方面因为它太重了,父亲回家之前她俩根本挪不走它,若把柜子搁在房间中央势必会挡住格里高尔所有的路;另一方面因为她还不确定,格里高尔看到家具被移走是否真的高兴。或许如她所料,格里高尔置身空荡荡的房间真的会不开心;她自己看到空无一物的墙壁都感到心里空落落的,格里高尔难道不会有同感吗?毕竟他早已习惯了这些家具,一旦把它们搬走,他可能会产生被遗弃的错觉。母亲几乎从始至终都在耳语,此时她又把声音压低了一些,似乎一点都不想让格里高尔听到她的声音。她确信他听不懂她们的对话,可她不知道他具体在哪儿。"况且不是吗?如果我们把家具搬走,不就意味着对他的好转已经不抱任何希望,毫无顾忌地把他抛弃了吗?我觉得,我们最好还是设法让房间保持原状。这样等有朝一日,格里高尔重新回到我们身边,发现一切都还是老样子,他也更容易忘记这段遭遇。"

听到母亲的这番言论，格里高尔幡然醒悟。可能是因为过去两个月他没有用人类的语言与外界进行直接交流，整日困顿于家中，日复一日过着单一无聊的生活，他才因此昏了头。否则，他也无从解释，自己为何曾真心希望她们能将房间腾空。这房间多么温馨舒适，家具虽都是祖传的，却把房子装饰得恰到好处，难道他真的想把它变成一个洞穴吗？若真的变成洞穴，虽然他可以自由自在地朝任何方向爬行，毫不受限，可他难道不怕忘记自己作为人类的过往吗？他不担心自己迅速把人的生活忘得一干二净吗？其实他现在已经忘得差不多了，多亏母亲那久违的声音使他醒过神来。家具能够帮助他改善目前的状况，应该把它们留在原地，一件都不要搬走。尽管留下家具可能会妨碍他爬来爬去，可爬行本就毫无意义；所以这对他来说非但没有坏处，反而大有裨益。

可是妹妹却提出了截然相反的看法。每每谈到与格里高尔相关的事情，她总会在父母面前拿出一副专家的姿态。当然，她自有依据，再说，她也早已习惯如此了。听到平日没什么主张的母亲竟有不同意见，妹妹更有充分的理由坚定自己的看法。起初，妹妹只是想挪走柜子和写字台，现在她认为，除了那张必不可少的沙发外，其他所有家具都得挪出去。最近，她意外获得了前所未有的信心，此时她这般斩钉截铁，并非仅仅由于自信和孩子气的执拗，而是她确实看出来了，格里高尔需要宽敞的空间爬行。按她的观点，家具对格里高尔派不上任何用场。或许是她这个年龄的女孩那狂热的情感在作祟，她总爱在各种场合寻求满足。受这种狂热情绪的驱使，妹妹格蕾特甚至希望，格里高尔激起人们更强烈的恐惧，唯有如此她才能为他付出更多。最好被格里高尔独占的房间空空如也，除了格蕾特，再无他人敢踏足其中。

因此，她不容许母亲动摇自己的决心。房内的母亲看起来心神不宁，极为不安，只是她不再作声，一心想着帮妹妹把柜子挪出去。若真的万不得已，格里高尔可以容忍没有柜子，但写字台必须得留下。两位女士费力地推着柜子，刚一离开房间，格里高尔便从长沙发下探出头来，想看看自己怎样才能小心谨慎又妥帖地介入其中。但很不凑巧，母亲率先返回房间，此时格蕾特正在隔壁房间独自紧紧抓着柜子，来回摇晃它，却毫无办法将它移动分毫。母亲还没看惯格里高尔的模样，他会把她吓坏的。于是格里高尔惊恐不已，连连后退，一直退到长沙发的另一侧。可沙发前面的布料还是不受控制地微微抖动了起来，尽管幅度很小，却引起了母亲的注意。她怔住了，默默地站在那儿，好一会儿才想起去找格蕾特。

尽管格里高尔一遍又一遍告诉自己，没发生什么大不了的事，只是挪动几件家具而已。但没多久，他便不得不承认，两个女人在屋里来来回回、低声叫嚷的声音，家具与地板刮擦的噪声，这一切对他而言宛如一场巨大的骚动从四面八方席卷而来。他只能把头和腿紧紧蜷着，身体死死贴住地板，最终还是不得不屈服，他再也忍受不了了。她们搬空了他的房间，拿走他所珍视的一切。柜子里放着钢丝锯和其他工具，现下已经被她们挪出去了；写字台原本是牢牢钉在地板上的，如今也被重新拧松了。他读商学院、上中学，甚至上小学时都曾趴在上面写过作业——此情此景，他实在无暇审视两个女人是否心怀好意，他甚至都忘记了她们的存在。因为她们精疲力竭，已经说不动话了，她们只顾闷头搬家具，留下沉重的脚步声在屋子里回响。

于是他突然钻了出来——母亲和妹妹正在隔壁房间倚着写字台，稍做休息——他奔走中四次改变方向，真不知道应该先救什么。空无一物的墙上，那幅穿着毛皮外套的女士画像颇为显眼。他看到这幅画，匆忙爬了过去，腹部紧贴着画框玻璃，黏在上面，他热乎乎的肚子觉得很是舒服。现在，格里高尔至少完全占据了这幅画，肯定不许别人拿走它。他扭头看着客厅的门，以便观察她们何时归来。

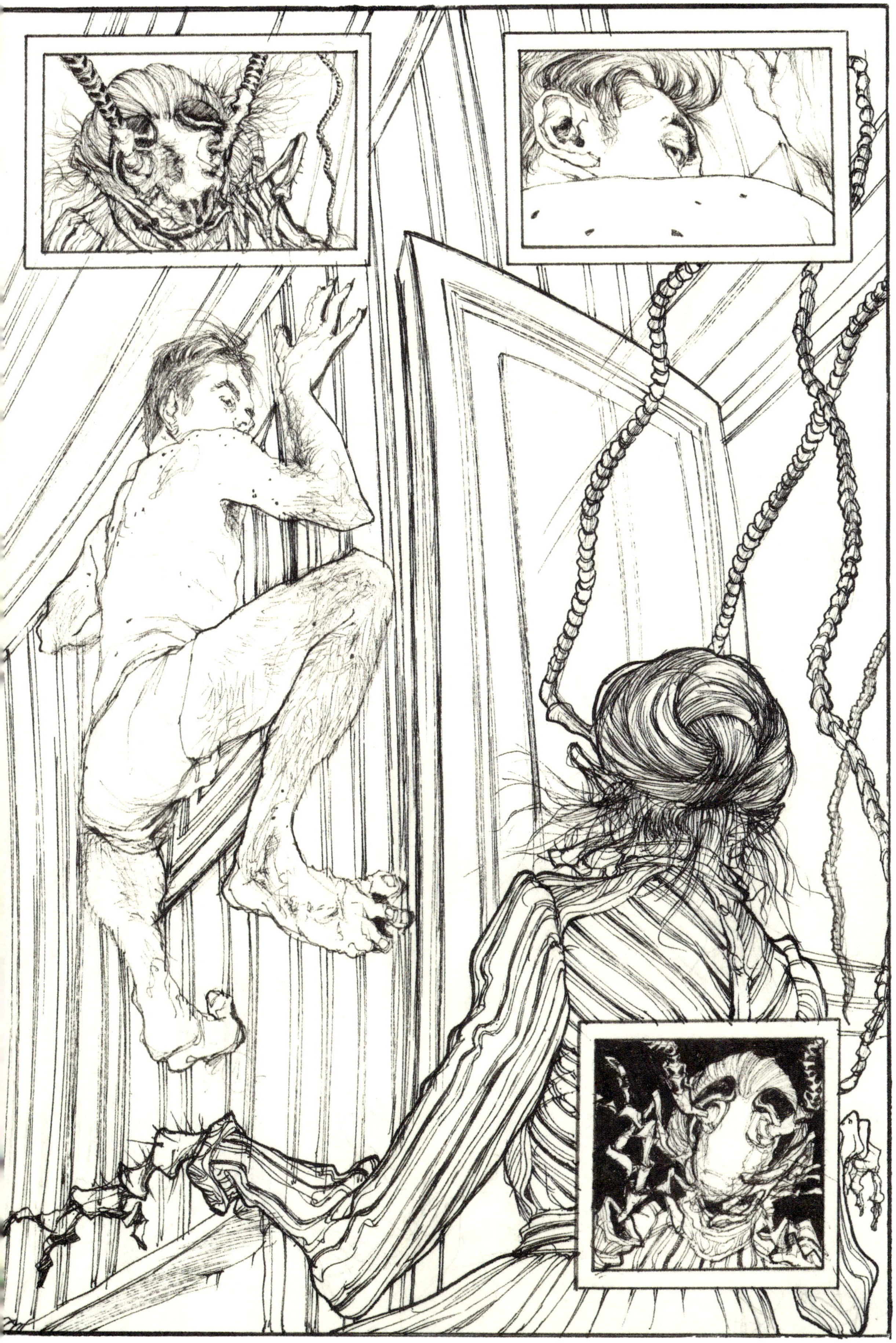

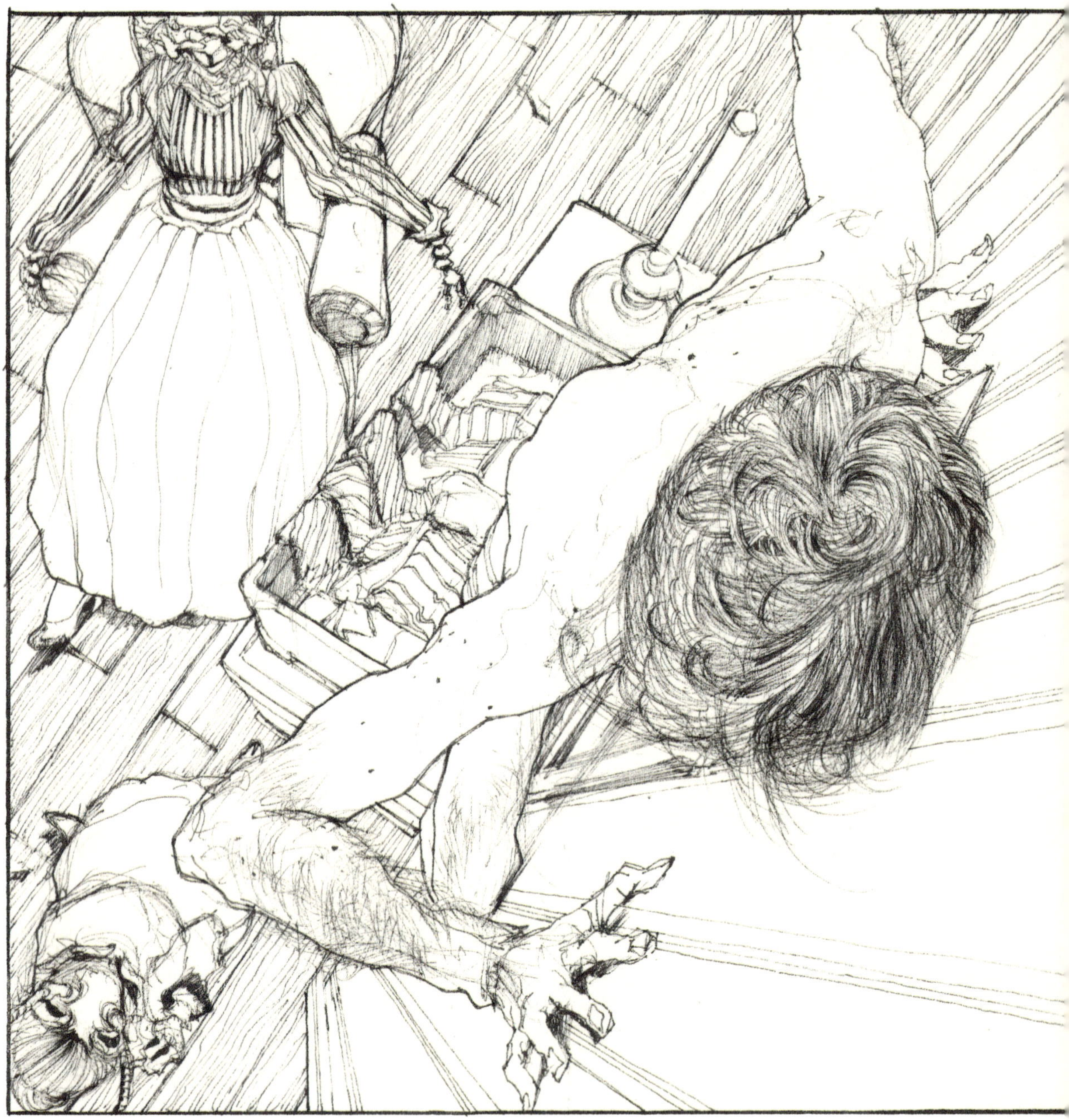

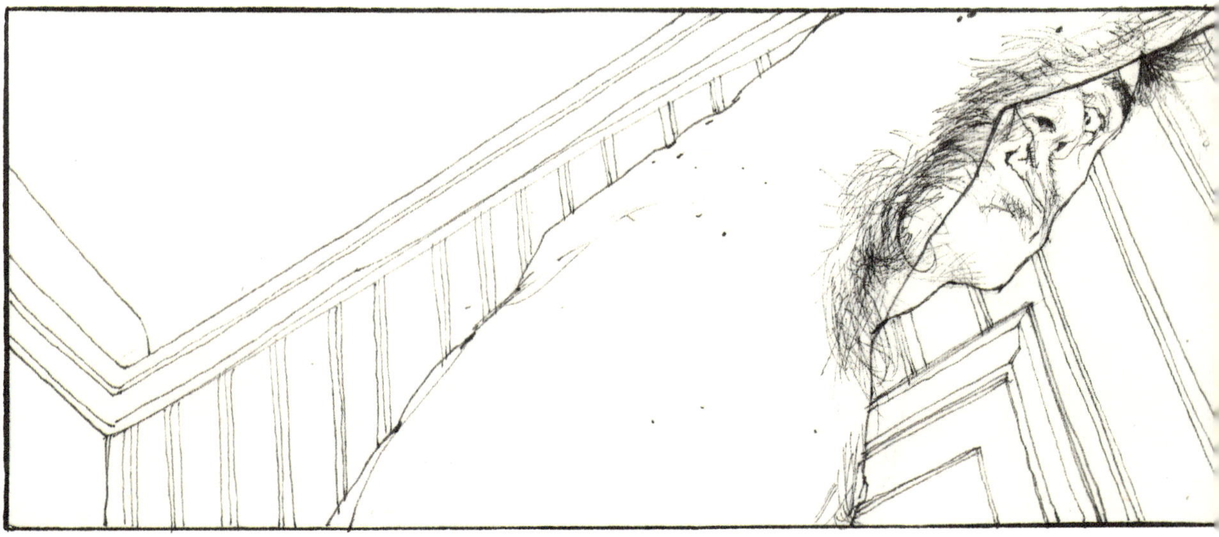

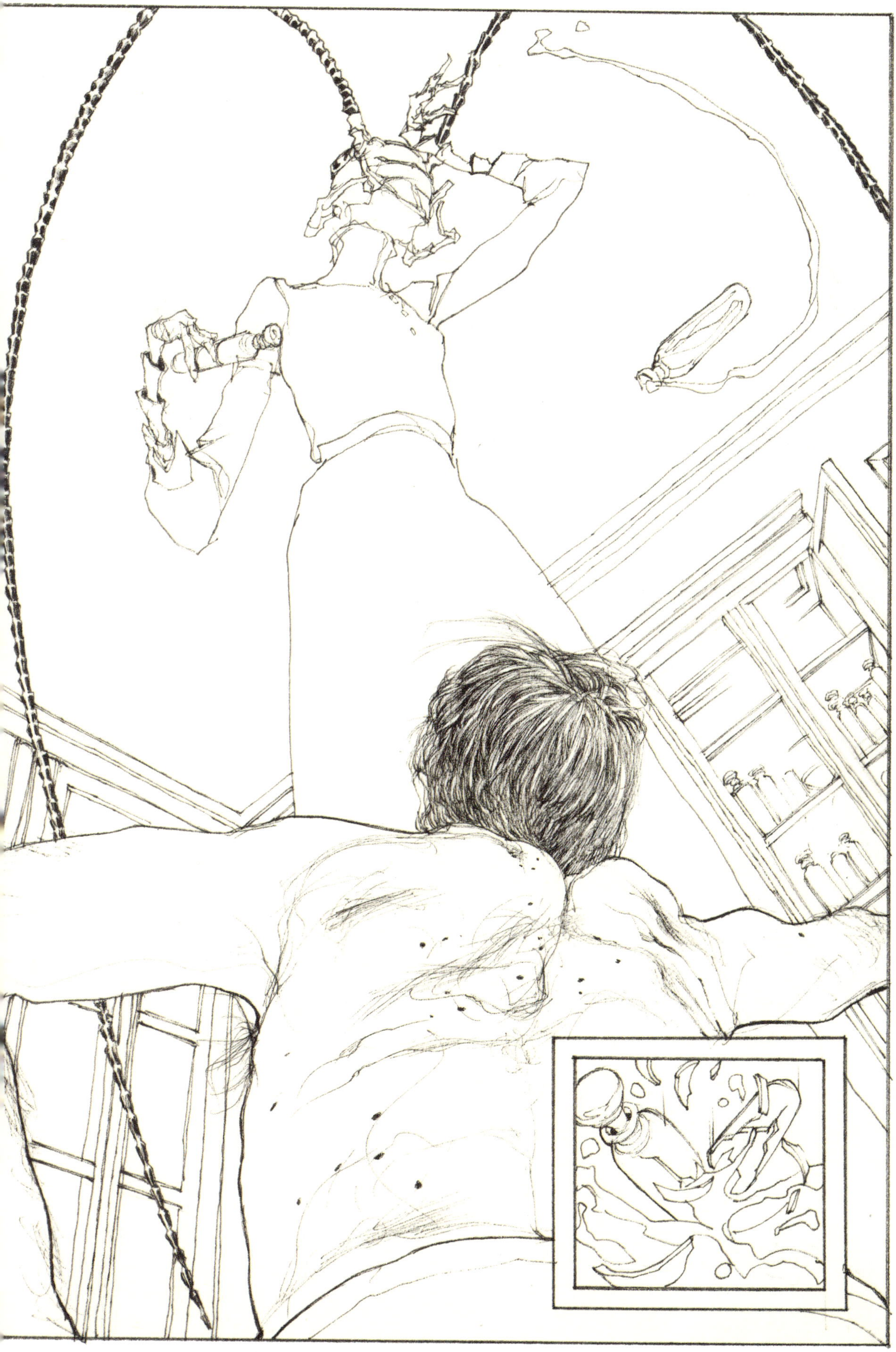

母女二人休息了一小会儿就回来了，格蕾特挽着母亲的胳膊，紧紧依偎着她。"我们接下来搬什么呢？"格蕾特一边说话，一边四下张望，这时，她的视线和墙上格里高尔的目光交汇。或许是由于母亲在场，她稳住了自己，表现得很镇定，并马上试图阻止母亲东张西望。她把脸凑向母亲，语无伦次地说："来，我们再回客厅休息一会儿行吗？"她说话的声音在颤抖。格里高尔十分清楚格蕾特的意图，她想把母亲安置好之后再把他从墙上赶下来。呵，她大可以放马过来！他就这么端坐画像之上，绝不松开。为保护这画，他甚至不惜与格蕾特正面交战。

格蕾特的话反而加剧了母亲的不安，她走到一旁，瞥见印花壁纸上棕色的庞然大物。还没等她意识到她瞧见的就是格里高尔，便已情不自禁扯开嗓门惊叫起来："啊！天哪！天哪！"她声音嘶哑，充满绝望地伸开双臂，向前跌去，倒在长沙发上，随后便一动也不动了。"你等着，格里高尔！"妹妹怒目圆睁，恶狠狠地冲格里高尔大声喊道，同时高高抡起自己的拳头。这是自格里高尔变成甲虫以来，她第一次直接对他说话。她跑到隔壁房间，想找一些香水之类的东西，用来把母亲从昏迷中唤醒。格里高尔也想帮忙——毕竟他有的是时间去拯救他的画——可他这会儿牢牢地黏在玻璃上，费了九牛二虎之力才得以挣脱。接着，他跟在妹妹后面，爬到隔壁房间，想同往常一样，给妹妹提供解决问题的建议。可他忘了，如今他只能手足无措地呆站在妹妹身后。妹妹在各种瓶瓶罐罐中翻找，转身看到他时吓了一跳；她手中的一个瓶子掉到地板上摔碎了，碎片划伤了格里高尔的脸，某种不知名的腐蚀性液体顺着他的身子流淌。格蕾特并未因此过多停留，她两手抓满瓶子朝母亲跑去，临走时顺便朝门踢了一脚，把门关上了。格里高尔被迫与母亲隔绝，他担心由于自己的过失，母亲可能命悬一线。妹妹必须留在母亲身边照顾，如果他不想把她赶走，就不能随意去开门。现在，除了等待他束手无策。他满心自责，并深深地为母亲担忧，受双重情绪的折磨，他开始盲目地四处爬行，爬上墙壁，爬过家具，爬到屋顶；他感觉整个房间都在围着他旋转，他陷入了绝望的旋涡，最终摔落到大桌子中央。

格里高尔身心俱疲，在桌子中央躺了好一会儿，四周静悄悄的，这也许是一个好兆头。这时门铃响了，由于女佣将自己锁在厨房里，格蕾特只得去开门，是父亲回来了。他张口便问："发生了什么事？"大概是格蕾特把一切都写在了脸上。她开始回答，但声音闷闷的，应该是把脸依偎在父亲胸前的原因；她说："母亲刚才晕倒了，不过现在已经好多了。格里高尔跑了出来。""我就知道！"父亲说，"我嘱咐过你们多少次，可你们母女俩就是不听。"格里高尔明白，格蕾特将事情描述得过于简单，父亲误解了她的意思，肯定以为格里高尔做错了什么事。格里高尔虽然觉得有必要试着去安抚父亲，可是他没时间为自己辩解，也绝无开口解释的机会。于是他急忙逃到自己房间门口，紧靠着门等待，这样父亲一走进来就能看到他，就会明白他的目的其实很单纯：他只想马上回到自己的房间，不需要别人想方设法驱赶，只要帮他打开门，他就会立即消失。

父亲可没心情去注意这些细枝末节。一进门，他就"啊"了一声，声音中似乎既有愤怒，又有欢喜。格里高尔把头从门边缩了缩，抬头望着父亲。父亲此时威风凛凛地站着，这模样格里高尔从未见过。不过，近来他只顾好奇地爬来爬去，不像之前那般关注家中发生的所有事情，但他应该也预料到了家里状况会有所变化。然而，这还是他的父亲吗？还是之前那个人吗？从前格里高尔动身出差时，他困倦地躺在床上，缩在被窝里；每次格里高尔晚上下班回家，他都身穿睡衣、坐在扶手椅上迎接他，他甚至不太能站起来，只是略微抬抬胳膊以示问候。一年中有几个周末和重大节假日，全家人会一起出门散步，父亲总是慢悠悠地走在格里高尔和母亲中间，他俩已经走得够慢了，但父亲走得还要慢。他整个人裹在旧大衣里，拄着拐杖小心翼翼地朝前挪动脚步。每当他想说些什么，差不多就得完全停下来，让全家人围在他身边才行。但此刻他站姿如松，穿着一身笔挺的蓝色制服，上面缀的金色纽扣闪闪发光，这一身倒像银行业务员的打扮。高挺的领子上面是他厚实的双下巴，浓密的眉毛之下一双黑色的眼睛神采奕奕，那眼睛射出锐利而专注的光芒。以前那乱糟糟的白发变得油光发亮，一丝不苟地梳成旁分发型。他帽子上的金色字母或许是某家银行的标志，只见他随手一挥，帽子扔了出去，呈弧线划过整个房间落在沙发上。然后他撩起制服外套的长下摆，双手插在裤兜里，怒不可遏地走向格里高尔。父亲大概也不知道自己想干什么，但他走路时把脚抬得极高。格里高尔吃惊地看着他巨大的靴后跟，可不敢多做停留，因为在父亲看来，用最严厉的态度对待格里高尔最为适宜；这一点，格里高尔在变形的第一天已了然于胸。于是他在父亲面前快速地爬来爬去，父亲一停下来，他也停下来；父亲稍微一动，他赶紧匆匆往前爬。父子俩就这么在房间里走走停停，兜了好几圈，但并没有发生什么决定性的大事。由于他们速度比较慢，整个过程看起来不像追捕。他想干脆爬上墙壁或者天花板，躲得远远的，又恐怕父亲会把他的举动当成恶意为之，所以他暂时只能待在地板上。然而格里高尔不得不承认，即便是这样强度不高地奔走，他也支撑不了太久。因为父亲每迈一步，他就得做出无数个动作来调动身体。他开始明显感到呼吸

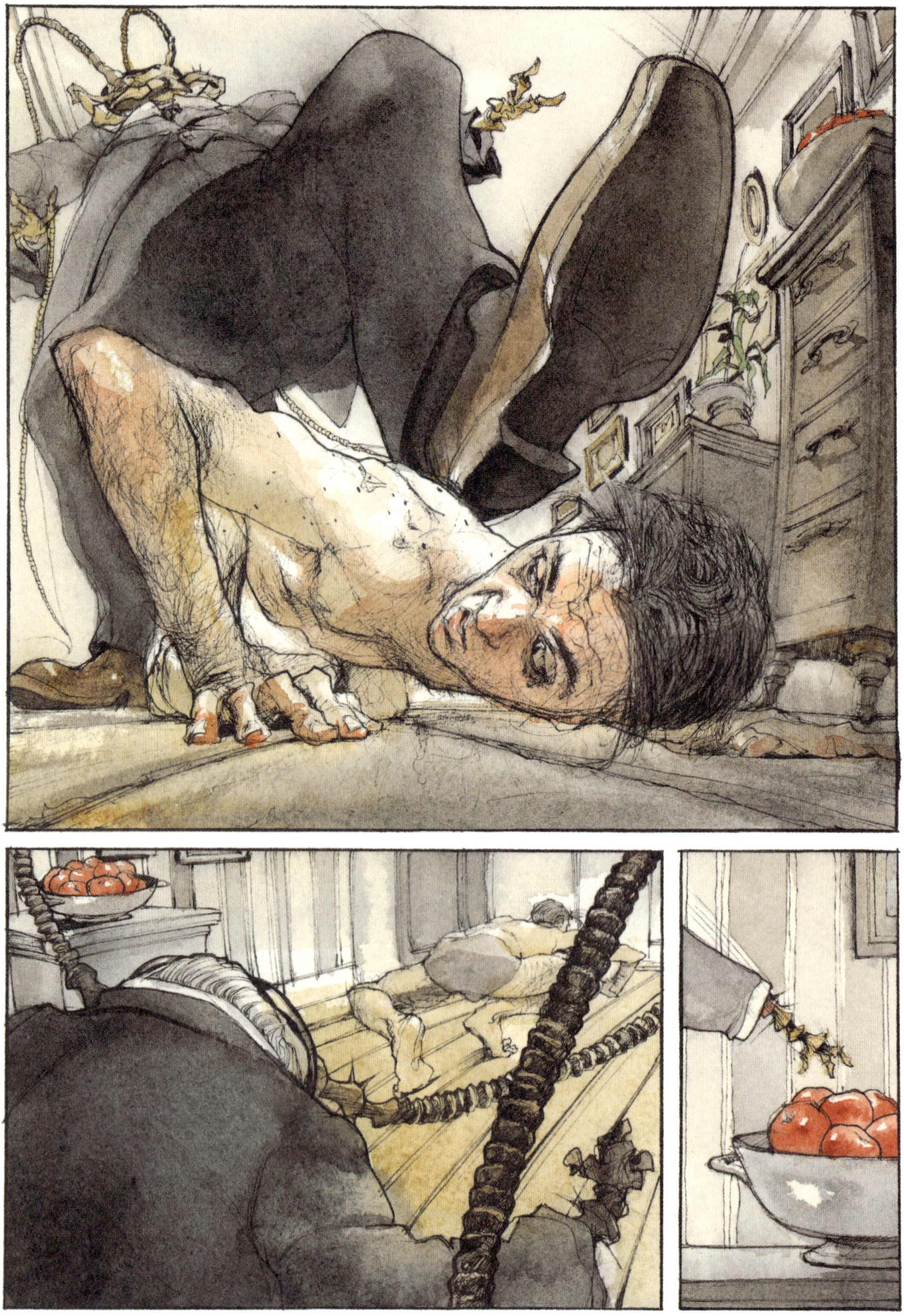

困难，症状跟他变形之前肺部有毛病时一样。他就这么跟跟跄跄，集中全身力量来回逃窜，他疲倦得连眼睛都快睁不开了，迟钝得除了机械地逃跑想不出其他自救方法，他甚至忘了自己还可以上墙，尽管墙紧贴着精雕细琢、有棱有角的家具。就在这时，有什么东西飞过来，旋转片刻，在他身旁落下，滚到他眼前。是一个苹果！接着马上又飞来第二个。格里高尔吓得目瞪口呆，大气都不敢出，继续奔跑无济于事，因为父亲已经下定决心，要朝他发起进攻。父亲将餐桌柜上水果盘里的苹果都拿出来，塞满自己的口袋，再一个接着一个、漫无目的地乱扔。那些小红苹果似乎带了电，在地上来回滚动，相互碰撞。有个苹果差点砸中格里高尔，所幸只是擦背而过，他并没有受伤。但紧接而来了下一个苹果，格里高尔终于在劫难逃，那苹果砸进了他的后背。格里高尔挣扎着想继续向前爬，仿佛只消换个地方，这种突如其来、难以言表的剧痛就会消失一样；可他感觉自己宛如被钉死在那里，根本无法动弹，他只得失魂落魄地瘫坐在地。最后他看到自己房间的门突然被打开，母亲冲了进来，后面还跟着大声尖叫的妹妹。母亲只穿着衬衣，因为刚刚妹妹替她宽了衣，好让她在昏迷时呼吸顺畅。母亲朝父亲跑去，她被解开的衬裙一件接一件地滑落在地，先后绊住了她。她跌跌撞撞地冲向父亲，抱住他——此时格里高尔眼神涣散——她双手抱着父亲的头，央求他放过格里高尔。

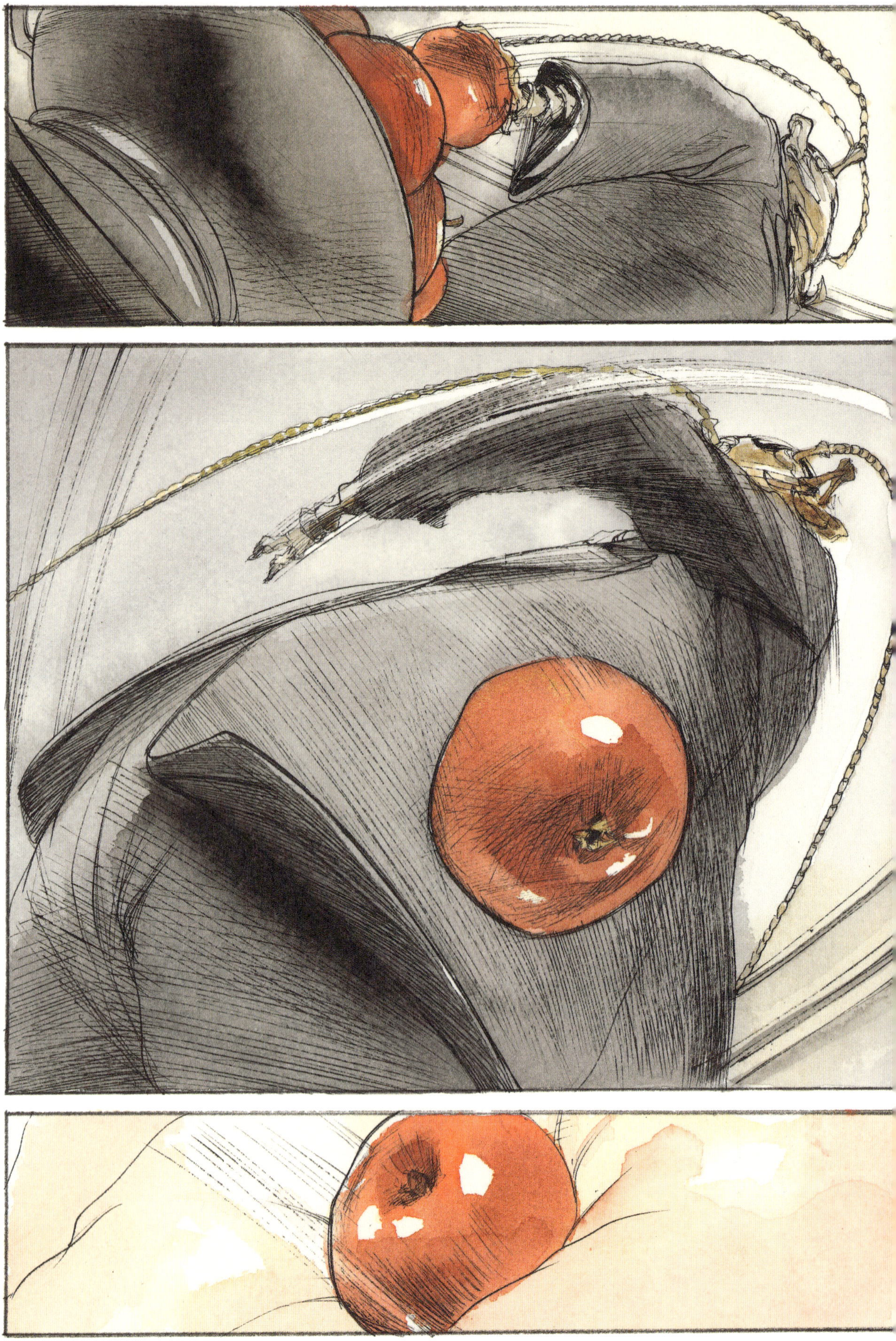

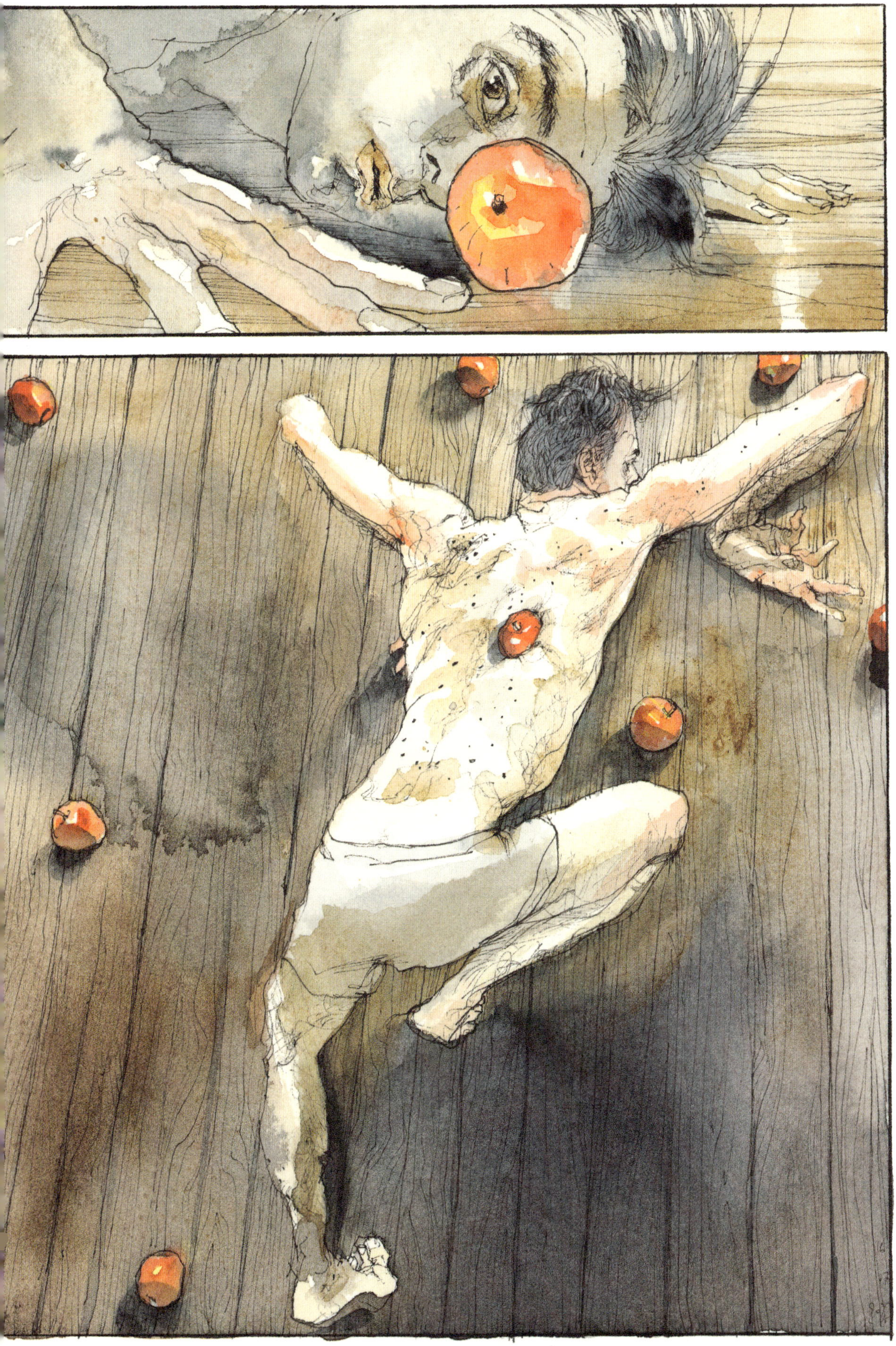

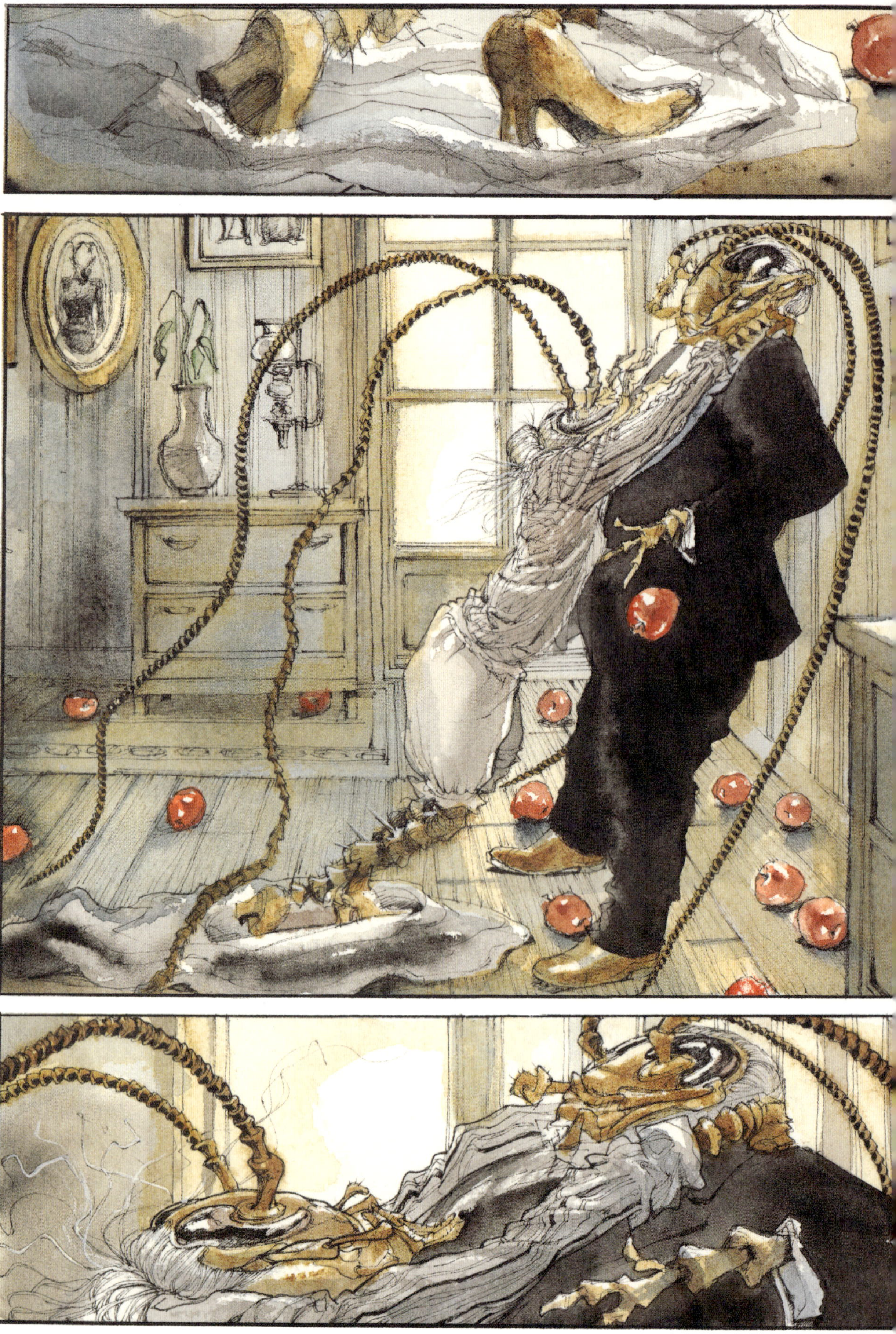

III

格里高尔受了重伤,伤口疼了一月有余——那只苹果还嵌在他的后背上,因为没人敢为他把它取出来,它就这么成了他肉体上招摇过市的纪念品。同时它似乎也在提醒父亲,尽管格里高尔目前形象不光彩、模样令人作呕,可他终究是家庭的一员;不能把他视为寇仇,而应尽到做家人的义务,抑制对他的反感,对他采取包容的态度,除此之外,别无他法。

由于受伤,格里高尔好像永远丧失了行走自如的能力。像上了年纪的残疾人一般,单是横穿自己的房间他就得花费数分钟之久,想爬到高处更是痴心妄想。但对他来说,自身情况的恶化也得到了足够多的补偿。每到傍晚时分,通往客厅的那扇门都会打开;他静静地躺在房间阴暗的角落,常常提前一两个小时就开始密切注意门口的动静了。从客厅看不到屋内的他,他却能看到全

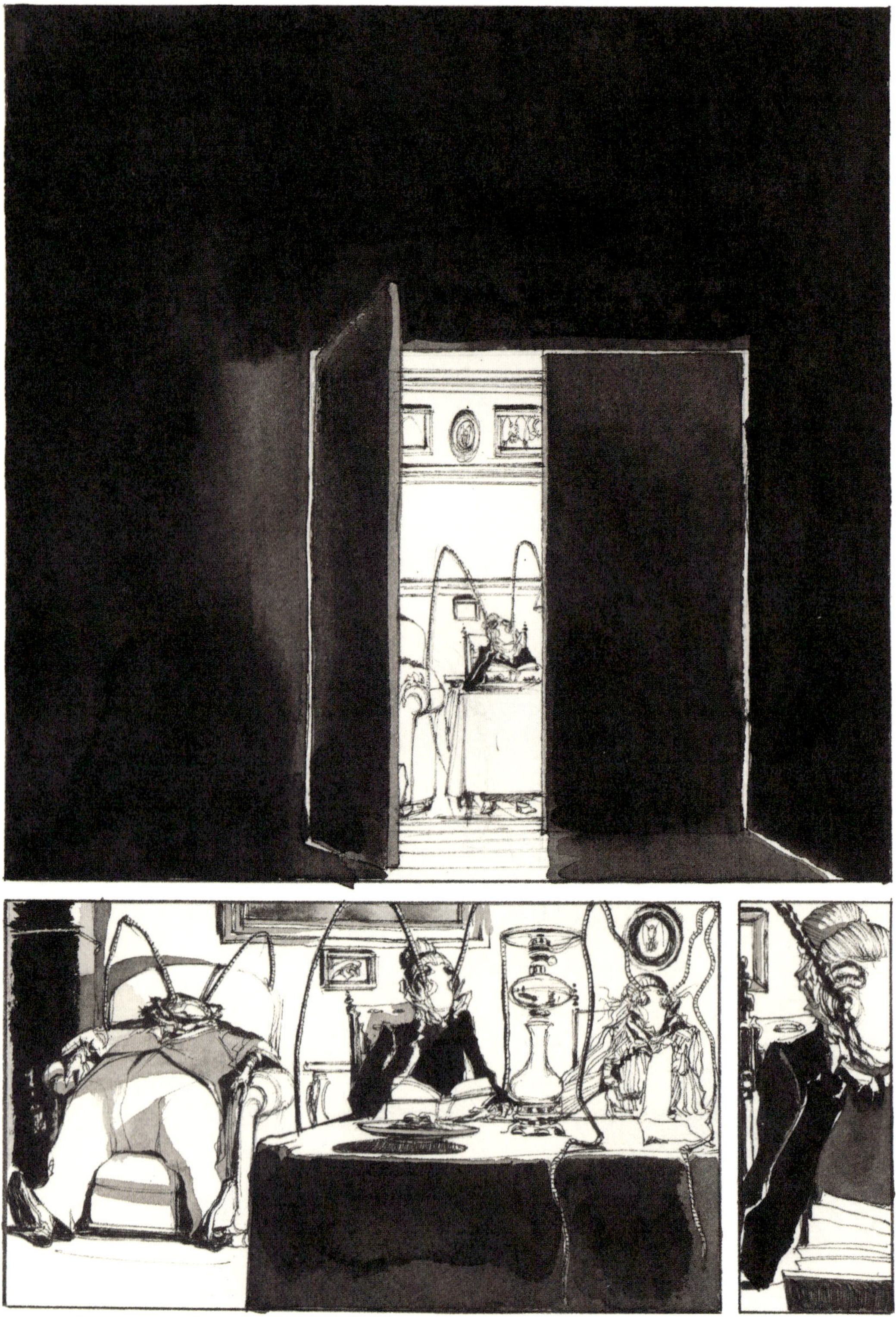

家人围坐在亮着灯的桌旁。他能聆听家人们的谈话,而且得到了他们的默许,这待遇和受伤之前不可同日而语。

然而,家人们却不像以往那样谈笑风生,昔日生动活泼的氛围一去不返。以前,每当格里高尔在狭小的旅馆里,疲惫不堪地躺在濡湿的床垫上时,他总满怀憧憬,一遍遍想起家人快乐地聚在一起的情景。如今大家多数时候都很沉默,晚饭后不久,父亲便在躺椅上沉沉睡去,母亲和妹妹则互相提醒保持安静。母亲弯下腰,凑到灯前,为一家时装店缝制精致的衣物。妹妹找到了一份售货员的工作,晚上要学习速记和法语,或许之后升职能用得上。有时父亲中途醒来,仿佛根本不知道自己刚刚睡着了,还说母亲:"你今天都缝了多久了!"然后便又昏昏入睡。母亲和妹妹面带倦意,相视而笑。

父亲很固执,即便在家中他也坚持不肯脱下工作制服,他的睡衣就挂在衣架上,根本派不上什么用场了。父亲衣着整齐,端坐在自己的椅子上打盹儿,一副随时待命的架势,仿佛只等上级一声令下。虽然母亲和妹妹已尽力精心洗护,但那件从一开始就算不上很新的制服不可避免地渐渐脏了。格里高尔经常彻夜望着这套制服,上面布满污渍,唯有金色纽扣因经常擦拭而始终闪闪

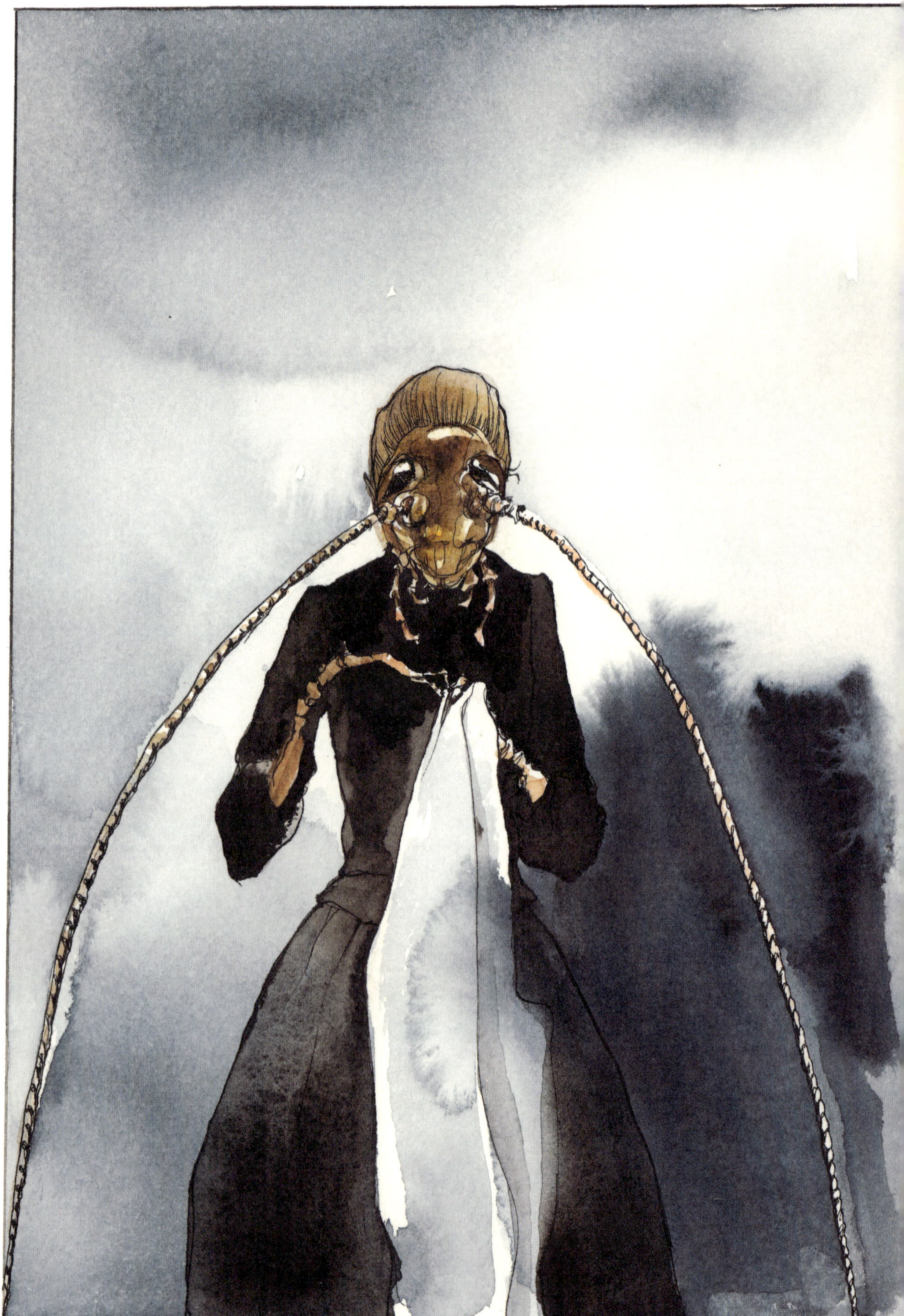

发亮。老父亲穿着它虽然很不舒服，却睡得挺安稳。

　　十点的钟声刚敲响，母亲便轻声唤醒父亲，劝他上床睡觉，椅子显然不是一个适合睡眠的好地方。父亲亟须良好充足的睡眠，因为他六点钟就要开始上班。但父亲工作以来变得十分执拗，他总坚持在桌前再多待一会儿，尽管他还会反复地睡过去。每次都得费尽口舌极力劝阻，他才愿意将睡觉的地方从椅子换到床上。起初，无论格里高尔的母亲和妹妹如何好言相求，他始终闭着眼睛，慢慢摇头，摇上一刻钟，也不肯站起来。母亲拽着父亲的袖子，低声哄着他，妹妹也放下手头的事情，在旁帮腔，但这一切对父亲来说都是枉然。父亲仍旧深陷在椅子里，直到母亲和妹妹的手从他腋下穿过，想把他架起来，他才勉强睁开眼睛，目光在她们两人身上来回扫视，嘟囔着："这就是人生，这就是我晚年的清静。"然后在母女俩的搀扶下，父亲挣扎着站起来，似乎他才是自己最大的负担。他就这样蹒跚到卧室门口，站在那里和她俩挥手告别，然后独自继续朝前走进卧室。母亲匆匆扔下手中的缝纫工具，妹妹也放下羽毛笔，紧跟在父亲后面，以便随时过去照顾他。

　　家中每个人都疲惫不堪，心力交瘁，为了生计忙得分身无术，

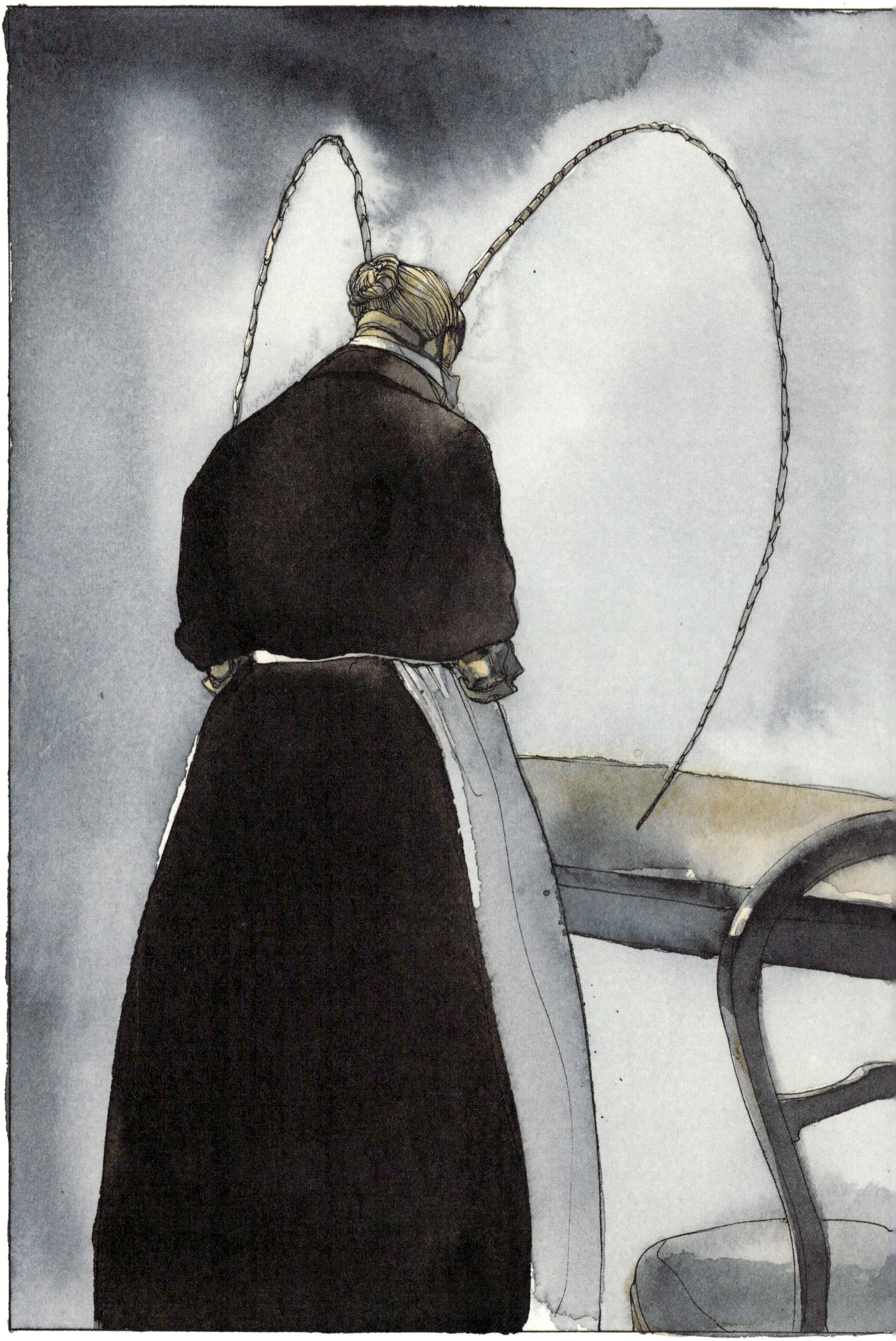

谁会有闲暇照顾格里高尔呢？家庭开支越来越紧张，因此家人把女佣辞退，雇了一个身材瘦削、满头白发的老妈子，让她早晚各来一次做最沉重的家务活，而其他家务都由母亲在大量缝纫工作之余完成。母亲和妹妹连自己喜欢的首饰都变卖了，那些可是她们以前在聚会和节日庆典上佩戴的心爱之物。晚上家人谈及变卖而来的钱财，格里高尔听到后才得知变卖首饰的事。不过，对处于当下形势的家人来说，最令人头痛的是这套公寓偏大，可他们目前又无法搬离，因为他们不知道该如何将格里高尔搬出去。但格里高尔心知肚明，所谓有碍搬迁不只是他的原因，他们大可将他装进一个合适的箱子，上面留几个通风孔就行了。阻碍他们搬迁的主要原因在于那彻头彻尾的失望，在于他们想到所有亲朋好友中，没有人像他们一样遭受如此巨大的打击。穷人在世间所要遭遇的一切，他们都已尝遍。父亲给银行的小领导送早餐，母亲给陌生人做洗衣妇，妹妹经受着顾客的颐指气使，在柜台里跑前跑后，一家人真的无力承受更多了。母亲和妹妹把父亲送上床，又回到客厅里。她们停下手头的活计，两人脸贴脸紧靠在一起。接着，母亲指着格里高尔的房间对妹妹说："格蕾特，把那边的门关上。"随后，格里高尔就被重新置于无边的黑暗之中，他背部的伤口又开始隐隐作痛。而隔壁的母女两人时而涕泪交加，时而凝视着桌子呆呆出神。

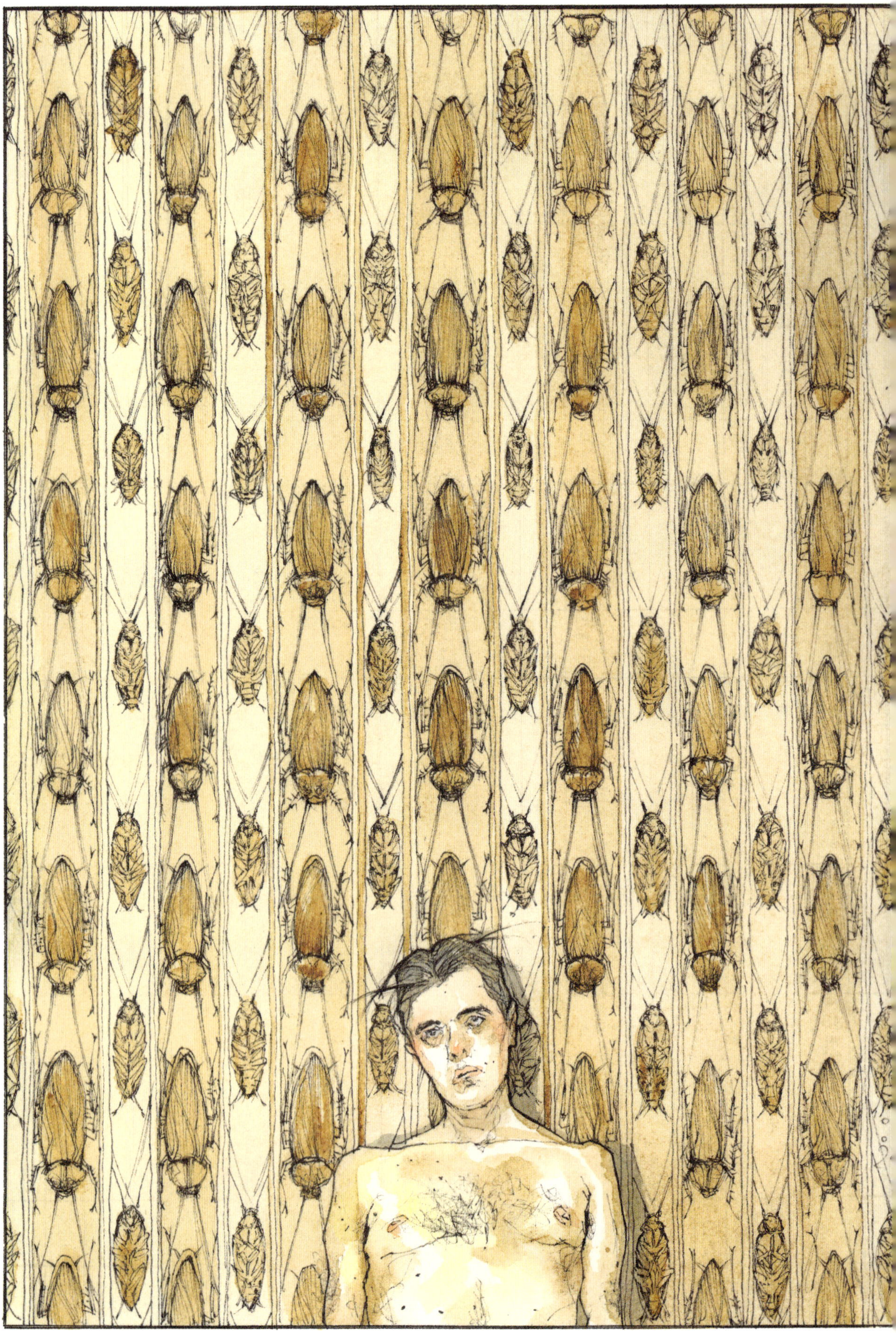

格里高尔几乎整日整夜都未曾合眼。他时不时地幻想，或许等下次开门的时候，自己就能一如从前般管理家中的大小事务了。过了这么久之后，格里高尔又一次想到老板、秘书主任、助理、学徒，以及那个固执己见的管家和其他公司的三两个朋友、乡下一家旅馆里打扫卫生的女服务员——那是一段甜蜜又短暂的回忆，还有一家帽子店的收银员，他曾认真追求过她，但晚了一步。这些人和陌生人或差点已经遗忘的人一起出现在脑海里，但格里高尔知道，他们都没有向他及家人伸出援手，只是冷眼旁观。所以当他们终于从脑海中消失时，格里高尔十分高兴。然而有时他又没有心思关心家人，满心为自己所受到的糟糕待遇而怨气冲天。他筹划着偷偷潜入储藏室，拿走他理应享有的东西，虽然他也不知道自己想吃什么，即使他现在一点儿也不饿。如今连妹妹都没时间考虑格里高尔的特殊喜好了，她仅在早上和中午上班前随便弄点吃食，匆匆地用脚踢进格里高尔的房间。到晚上，她再一挥扫帚，将剩饭残渣清扫出去。至于格里高尔是吃了一口，还是根本没吃，她一概不管不问。现在，她只有晚上来打扫一下房间，但也总是敷衍了事。墙上布满了肮脏的条状黑渍，遍地都是一团团的灰尘和垃圾。起初，妹妹进来的时候，格里高尔会站到起眼的地方，以示对妹妹的指责。可是慢慢地他发现，即便他在那儿站上几个星期，妹妹也无动于衷。其实她所看到的脏乱并不比格

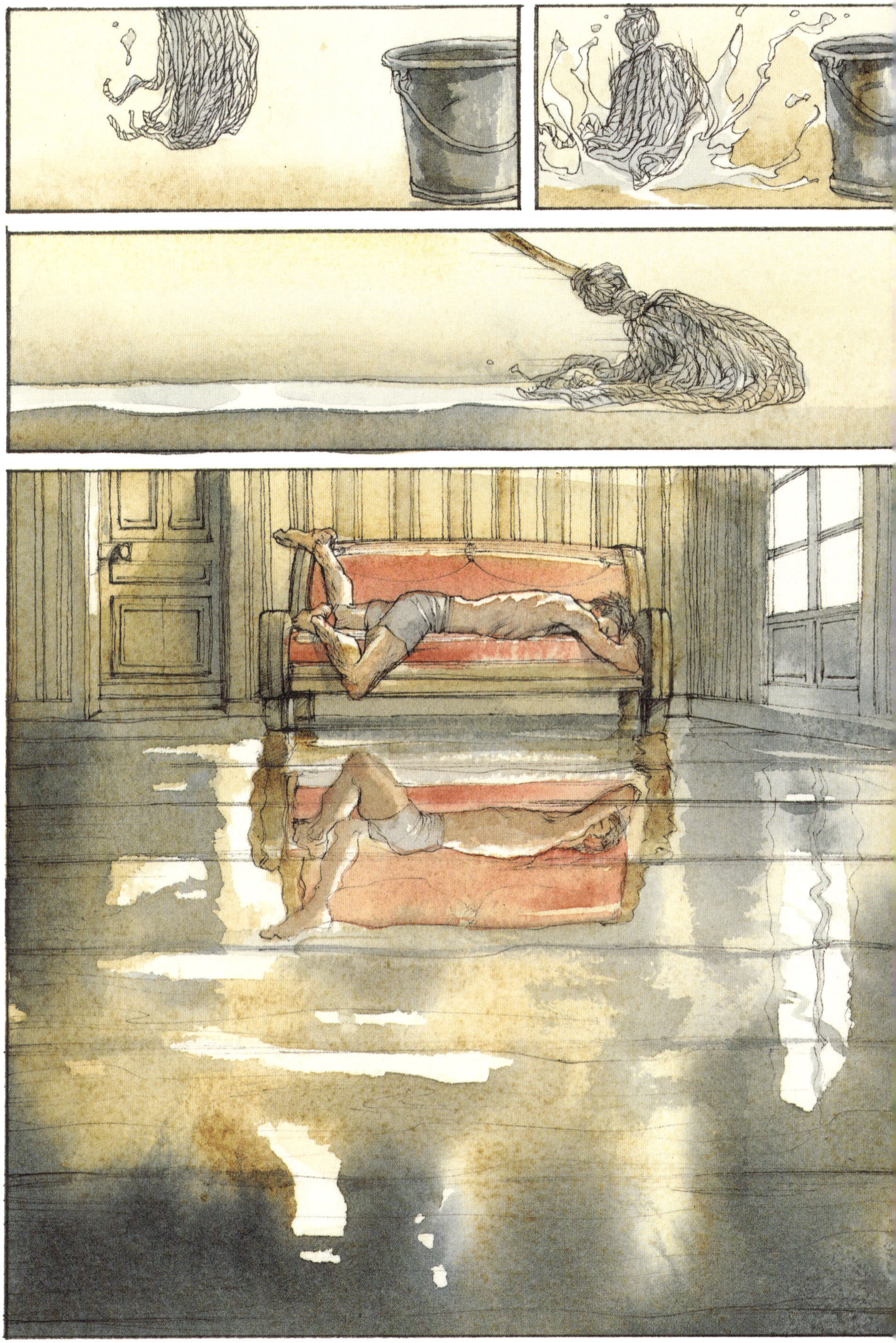

里高尔少,但她决定放任不管。然而同时,她又把打扫格里高尔的房间看成自己的特权,不容他人侵犯;而且她对这权力十分敏感,不光是她,全家人对此都很敏感。有一次,母亲给格里高尔的房间做了大扫除,用了好几桶水——到处都搞得湿漉漉,格里高尔深受其害,他四仰八叉地躺在沙发上,一动不动,痛苦万分——但母亲却因此受了妹妹和父亲的埋怨。那天晚上妹妹回来之后,立刻便觉察到格里高尔的房间和她走的时候不一样,她好像受了莫大的委屈一般,转身跑进客厅。即便母亲举起双手以示哀求,她还是放声大哭起来。哭声扰得父母不得安宁——尤其是躺椅上的父亲。父母最初只是惊愕无措地看着她,后来父亲也开始掺和进来。父亲指责站在右边的母亲没有把格里高尔的房间交给妹妹打扫;又朝左侧的妹妹大喊,说再也不允许她打扫格里高尔的房间了。母亲想把父亲拖进卧室,但他这会儿已经急火攻心,六亲不认了。妹妹一边抽泣,一边浑身发抖,用她的小拳头捶打桌子。格里高尔也在愤怒地嘶吼,因为没人想到把门关上,避免让他看到眼前这番吵闹不休的景象。

日常的工作使妹妹身心俱疲,她厌倦了一如既往悉心照料格里高尔。虽然如此,也并不意味着母亲会代替妹妹,挑起照顾格里高尔的担子;所幸格里高尔还没有被彻底抛弃,因为现在还有老妈子。她是个老寡妇，凭借还算硬朗的身子骨，她扛过了漫长人生中最艰难的日子。她对格里高尔没有特别强烈的反感。有一次，并非出于好奇而是完全无意间，她打开了格里高尔的房门，映入眼帘的是一只大甲虫。这虫惊慌失措，尽管无人驱赶，却落荒而逃。老妈子双手交叉抱在胸前，目瞪口呆地站在那里。从那以后，她总记得每天早晨和傍晚把门稍微留个缝，朝里匆匆瞅一眼格里高尔。一开始，她用自认为比较友好的称呼招呼格里高尔："过来，你这个老屎壳郎。"或者说："看看这个臭屎壳郎！"对于这样的呼唤，格里高尔不予理睬，仍然一动不动地待在原地，假装没看见门打开。要是老妈子不随心所欲地无端打扰他，而是受命每天清扫他的房间就好了！有一天早晨下起了雨，雨势急骤，雨滴不断敲打着玻璃窗，大概预示着春天快要来了。老妈子又开始用她那种说话方式，絮絮叨叨，格里高尔怒火中烧，于是他朝她做出攻击的姿势，可实际上他的动作十分缓慢，身子也颤颤巍巍的。老妈子不仅没有被他这一举动吓到，反而抄起门旁边的一把椅子，高高举起。她龇牙咧嘴站在那儿，意图自无须多言。她手中的椅子不会真的落到格里高尔的背上，她只是吓唬他，好让他老老实实听自己絮叨。"怎么不往前走了？"她冲格里高尔问道。格里高尔不得不转身回去，她这才将椅子照原样放回角落。

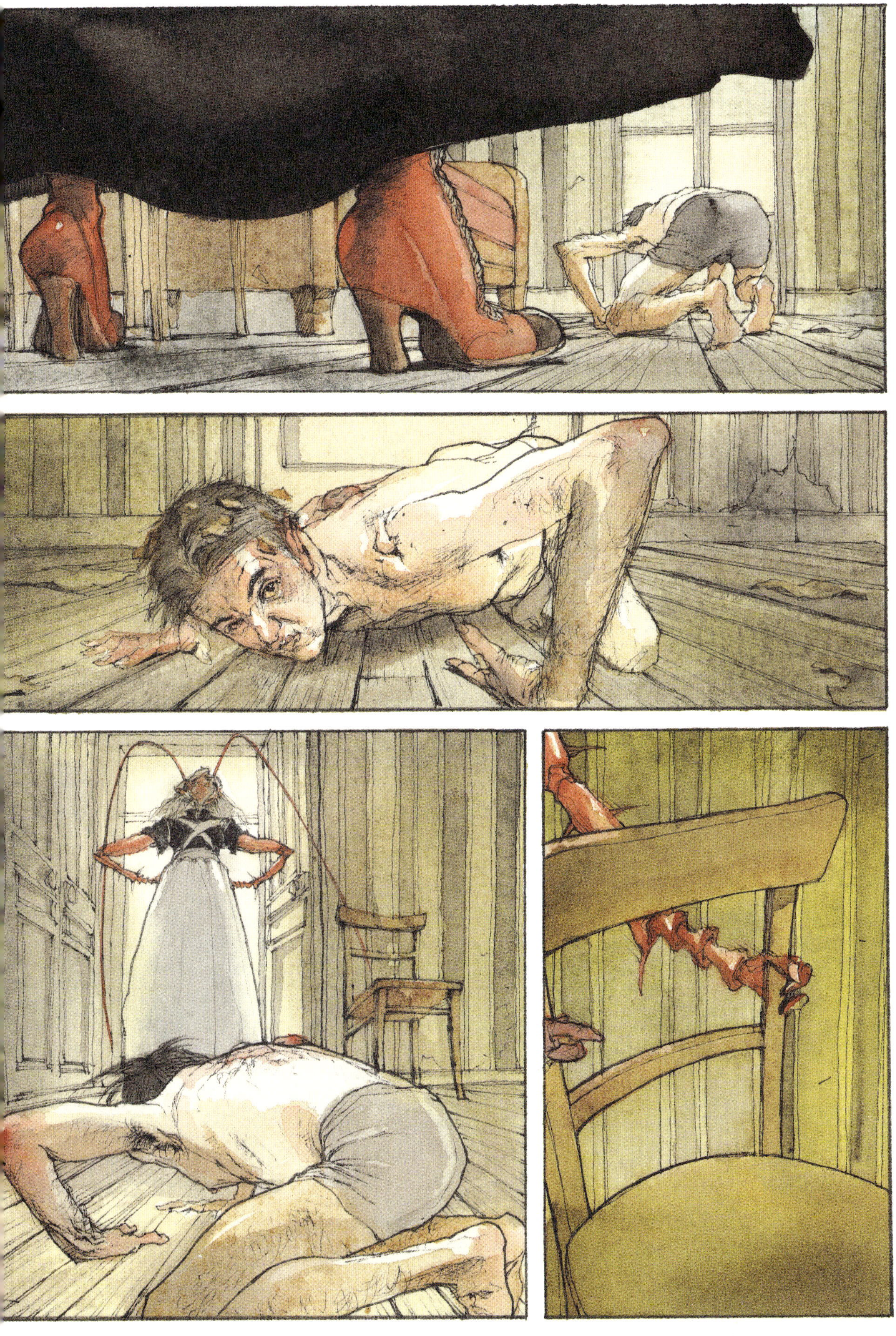

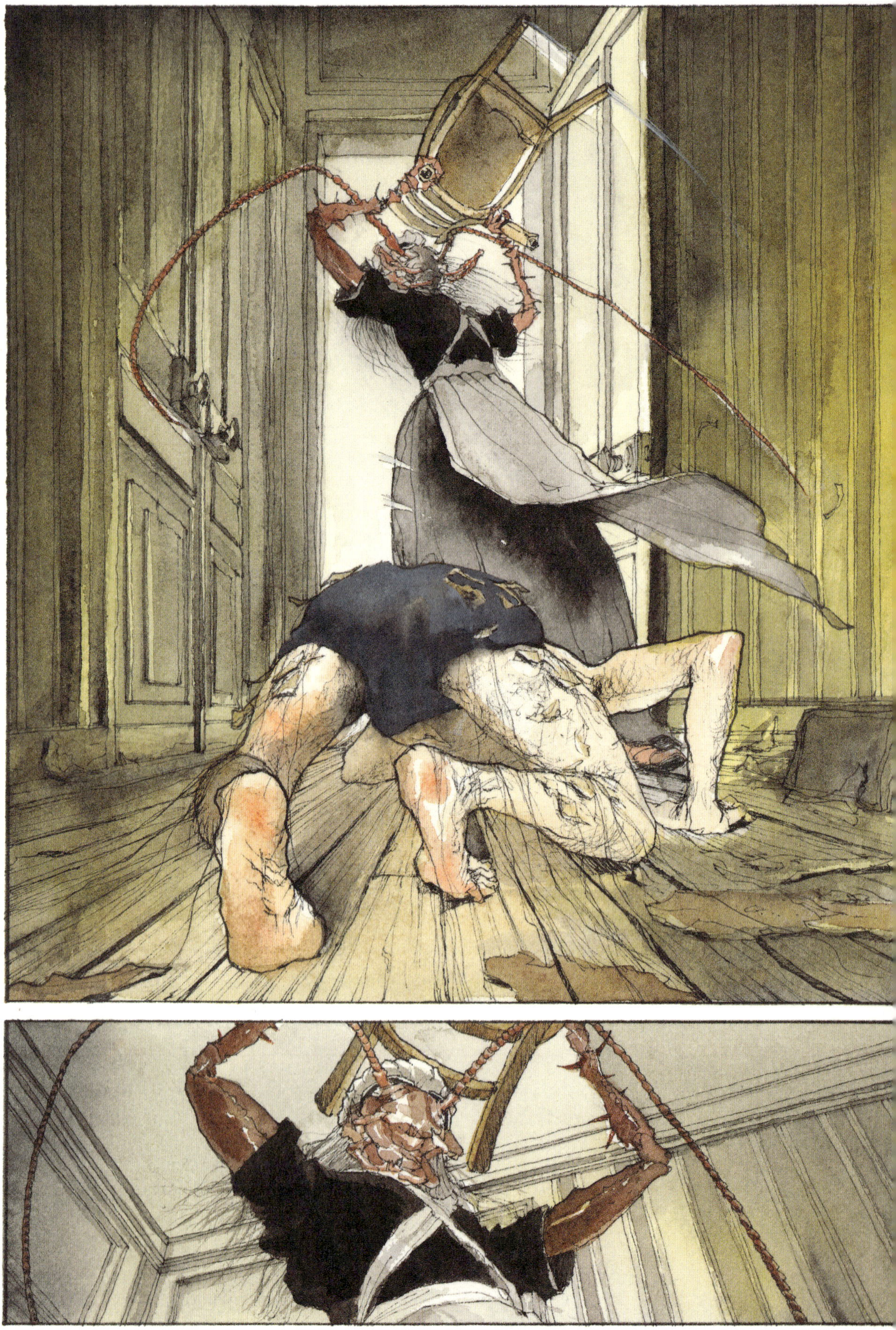

格里高尔几乎什么东西都不吃了。从为他准备的食物旁偶然经过时，他跟玩儿似的随便咬下一口什么东西，把食物放在嘴里含好几个小时，最终往往又把它吐出来。起初，他以为是看到房间布局发生如此大的变化，不由悲从中来，从而影响了食欲，可没过多久，他就已完全适应房间的变化了。家人早已习惯将无从安置的杂物放到这个房间里，于是这儿就堆满了各种物品；因为公寓的一个房间出租给了三个房客，那三个男人一本正经——格里高尔有一次透过门缝看到他们都蓄着胡须——酷爱整洁。他们不单要求自己所租住的屋子内干净整洁，而且他们觉得，既然在这儿租了一间房，那么整个公寓，乃至厨房都要一尘不染。他们无法容忍无用或脏乱之物的存在。他们的家具大都是自带的，如此一来，房间里原有的东西就显得极其多余，尽管这些物件分文不值，可家人也不愿白白扔掉。于是，所有东西就在格里高尔的房间堆成小山，就连厨房里的烟灰缸和垃圾桶也被塞了进来。任何东西若眼下用不上，老妈子就急匆匆地往格里高尔的房间一扔了事。令格里高尔高兴的是，多数时候他都只看见被扔进来的东西和拿着它们的手。老妈子可能打算等时机合适，就把它们都拿走，或者一下子全部扔掉。若非格里高尔在这堆破烂中迂回前行时触碰到了它们，导致其位置稍有变化，那它们就会一直待在首次被扔进来的地方。格里高尔刚开始被逼无奈，感觉只能如此绕

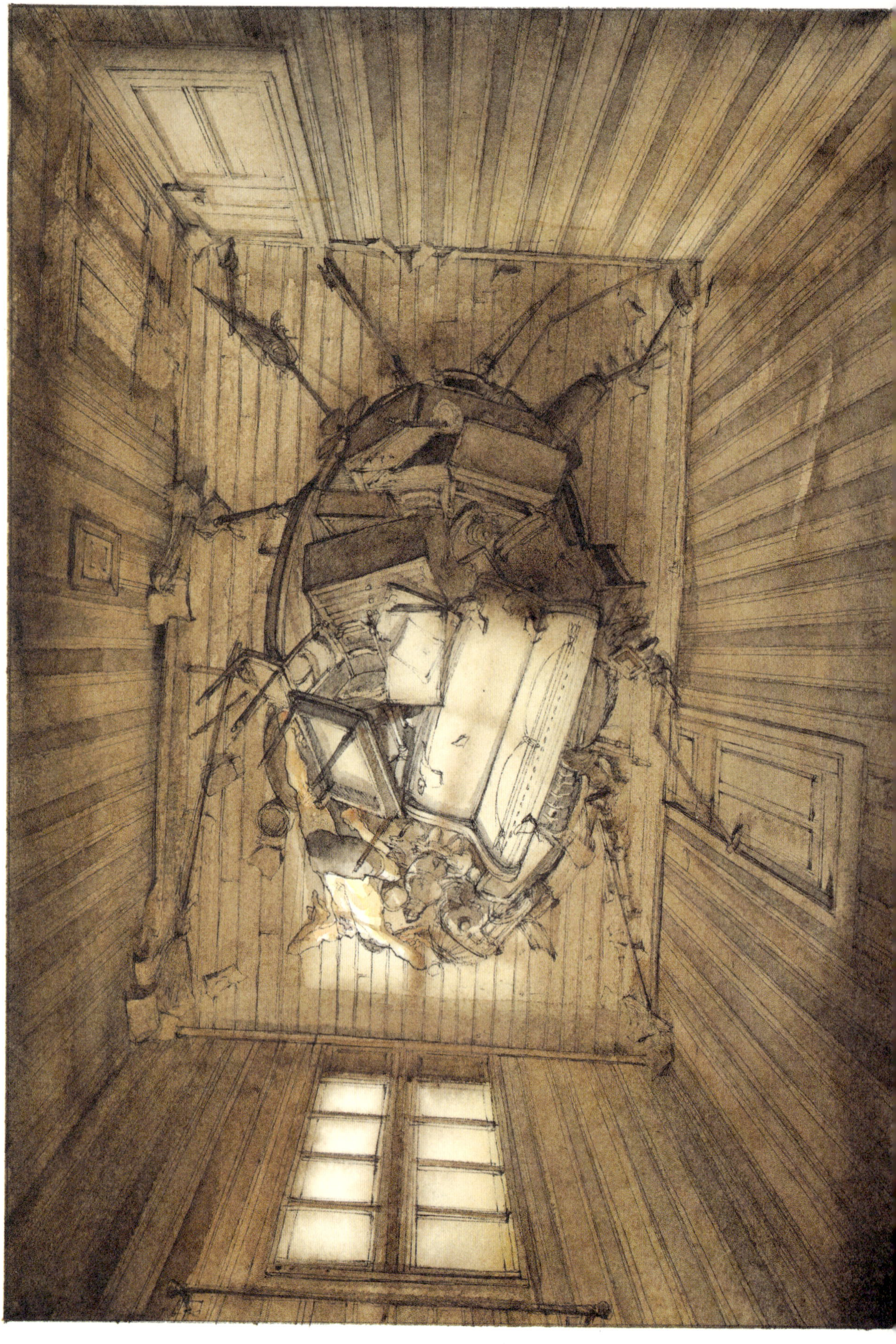

行，因为已经没有其他空地供他爬行了；后来他却兴致倍增，虽然经过这番漫游，他会十分疲倦、备感忧伤，而且接下来很长时间他一动也不想动。

房客们偶尔会在公用的客厅里吃晚饭，所以有几个晚上客厅的门一直都关着。不过格里高尔已经不在乎门的开关了，即便好几个晚上门都开着，他也没有好好加以利用，他只是静静地躺在房间最阴暗的角落，可惜全家人都没有注意到这一点。然而有一次，老妈子把通向客厅的门开了一条缝，直到晚上房客们回来，门还没关上。房客们把屋里的灯点亮，端坐在餐桌的上席，那曾经是父亲、母亲和格里高尔坐过的地方，他们摊开餐巾，手持刀叉。不多久，母亲就端着一碗肉从门口走过来，妹妹紧随其后，手里端着一碗堆得老高的土豆，饭菜热气腾腾。房客们似乎要进行餐前检查，他们俯下身来，打量着自己面前的碗。他们确实是在检查食物，坐在中间的那位应该是另外两人的头儿，他从碗里切了一块肉下来，显然是为了确认肉够不够嫩，是否需要拿到厨房回锅。母亲和妹妹始终密切关注着他的反应，直到看见他露出满意的神色，才舒了一口气，相视而笑。

格里高尔的家人自然得在厨房里吃饭。但进厨房之前，父亲会先到这个房间，手里拿着帽子，围着桌子转一圈，向房客们鞠躬问候。房客们也都站起来，嘴巴里塞满东西，听不清他们嘟囔着什么。他们三个人一起吃饭的时候，几乎一言不发，全程沉默。可他们吃饭发出的声音有些刺耳，格里高尔听着觉得很奇怪，那似乎是咀嚼时上下牙齿碰撞的声音。这就像在告诉格里高尔，吃东西靠的是牙齿，没有牙齿，下巴再漂亮也没用。"我也有食欲，"格里高尔忧心忡忡，喃喃自语道，"但我不想吃这些东西。那几位房客在大快朵颐，而我快要饿死了！"

在格里高尔的印象中，自变形以来还没有听到过小提琴的声音。就在那晚，琴声在厨房响起。房客们已经酒足饭饱，坐在中间的那位拿起一份报纸，给另外两人各递了一张，他们便倚着靠背，一边抽烟，一边看报。小提琴的声音一飘出来，他们便屏息凝神，起身踮着脚尖走向前厅，然后在门边挤作一团。厨房里的人一定听到了这动静，因为父亲喊道："是琴声打扰到各位了吗？我们可以马上停下来。""当然不是，"中间那位先生说，"这位小姐愿意到客厅来演奏吗？这儿更宽敞也更舒适。""当然没问题！"父亲大声回道，仿佛他自己才是小提琴手。三位先生便回客厅等候。不一会儿，父亲拎着乐谱架，母亲拿着琴谱，妹妹抱着小提琴，三人一起走来。妹妹镇定自若，为演奏做准备。父母从来没有做过房东，因而对房客们太客气，他们甚至不敢坐到自己的沙发上。父亲倚着门，右手插在制服外套的两个纽扣中间；母亲坐在一位先生指给她的椅子上，那位先生随手将椅子放在一旁，母亲没有挪动它，索性就独自远远地坐在角落里。

妹妹开始演奏了，父母从各自的角度聚精会神地关注她手上的动作。格里高尔也被这琴声吸引，情不自禁向前稍微挪了一点，头已经伸进了客厅。之前他事事都设身处地地为他人着想，并引以为傲，可最近他很少顾及旁人，对此他自己也颇为惊讶。其实，相比之前，他现在更有充分的理由躲起来，因为他的房间里遍布灰尘，就连轻微的动作都会引得尘土飞扬，弄得自己全身都是土；他背上和侧面沾满了线头、头发和食物的残渣碎屑。以前，他每天都躺到地板上，用背反复去蹭地毯，以清理身上的脏污，现在他也不在意了。尽管此时他蓬头垢面，可他毫不羞怯，不假思索地朝客厅那块洁净无瑕的地板爬去。

好在没人注意到他。家人们完全沉浸在小提琴演奏中，而房客们则与之相反，他们一开始双手插在裤兜里，紧挨着妹妹的乐谱架站着，近得能看清谱子上的所有内容，丝毫不顾及打扰到妹妹弹琴。很快他们便垂头丧气，低声交谈着走到了窗边，并在那边站定。他们的举动被观察入微的父亲尽收眼底。明摆着，他们原本期待一场悠扬动听，或者至少能够作为娱乐消遣的小提琴演奏，这会儿却大失所望，似乎已经厌倦了这场表演，只是出于礼貌才继续忍受琴声的干扰。他们用鼻子和嘴巴朝空中吐雪茄烟，这姿态更能反映出他们的不耐烦。但格里高尔觉得，妹妹的演奏特别美好：她的脸侧向一边，顺着乐谱一行行往下看，目光专注又悲伤。格里高尔又朝前爬了一小步，把头紧紧贴在地板上，期望和妹妹四目相对。难道音乐对已变为动物的他更有魔力？他面前似乎出现了一条路，引领他通向梦寐以求的不知名食物。他决意要爬到妹妹身边，钩一下她的裙角，示意她带着小提琴到他的房间演奏，因为除了他，在场所有人都不配听这场演奏。他不想再让她离开自己房间半步，至少在他有生之年不能离开。他第一次觉得形象可怖并不全是坏处，到时候他会守住每扇门的入口，冲那些打算进来的人怒吼。他绝不会强迫妹妹留在房间里，而要她心甘情愿地留下。她应该和他一起坐在沙发上，俯耳倾听，而他将向她敞开心扉，告诉她，他已下定决心把她送到音乐学院。假如不是其间发生的这场变故，就在上个圣诞节——圣诞节应该已经过去了吧？——他应该已不顾任何反对意见，向所有人宣布了这个决定。这番解释之后，妹妹一定会感动得泪流满面。那格里高尔就直起身来，扶着她的肩膀，亲吻她的脖子。从开始做售

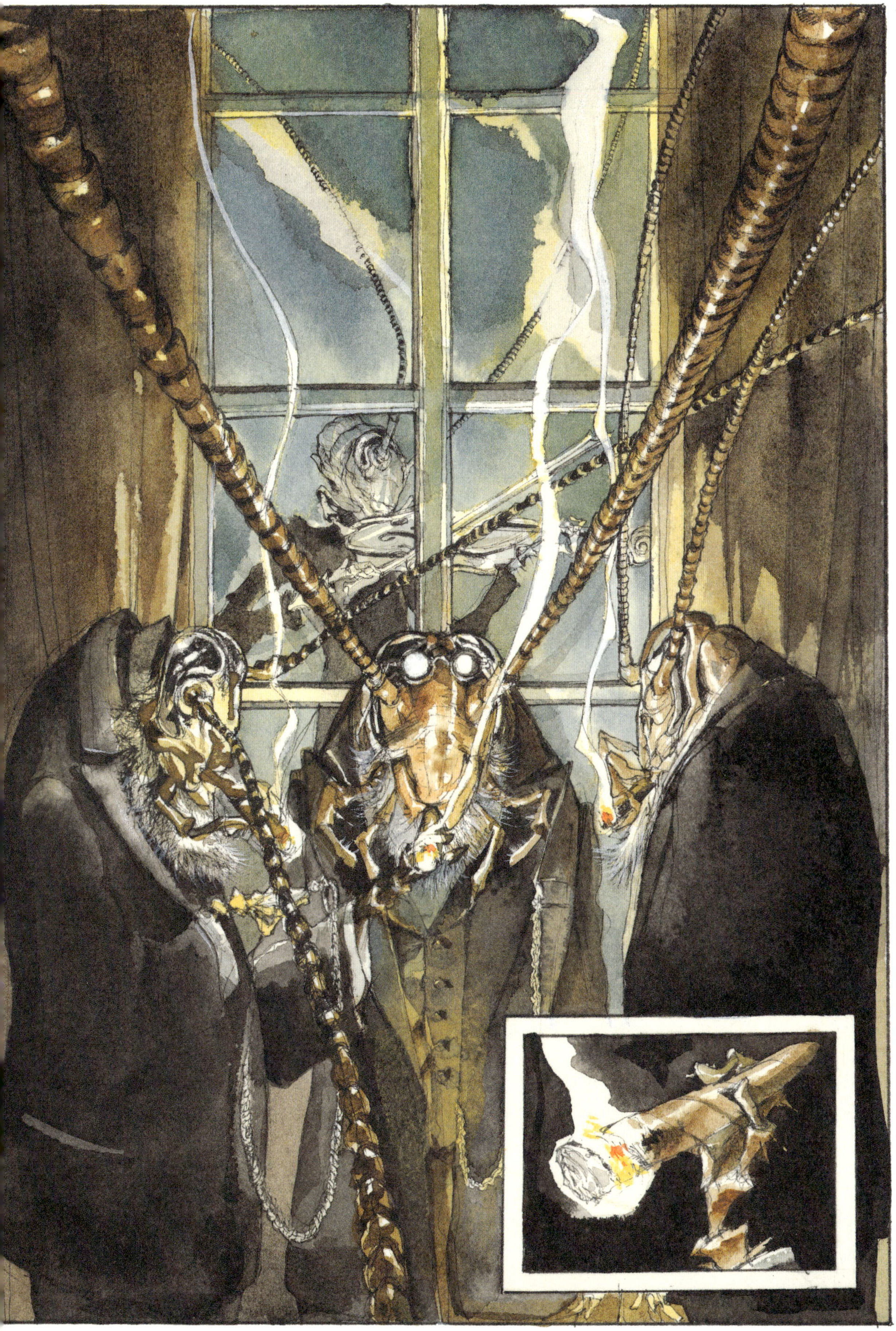

货员起，她再也没有佩戴过丝巾，再也没穿过带领子的衣服。

"萨姆撒先生！"中间那位先生突然朝父亲喊了一声，随后马上噤声，用食指指了指缓慢爬行的格里高尔。小提琴声戛然而止，中间的那位房客先是摇了摇头，笑着看向自己的两个朋友，然后又看向格里高尔。此时对父亲来说，当务之急好像并不是把格里高尔赶回去，而是安抚住房客们，虽然房客根本没有显得很激动，而且相较于小提琴演奏，他们觉得格里高尔更有意思。父亲连忙走到房客身边，张开双臂试图把他们推进自己的房间，同时用身体挡住他们的视线，以免他们再围观格里高尔。他们现在确实有些怒意，不知道是父亲的举动惹恼了他们，还是因为他们刚刚才意识到，自己在不知情的情况下竟然和格里高尔共处一室，他们要求父亲做出解释。房客抬起胳膊，焦躁不安地扯自己的胡须，然后缓缓地朝自己的房间退去。妹妹因演奏突然被打断而神情恍惚，她的手无力地垂着，手里还拿着小提琴和琴弓；她的眼睛呆滞地盯着琴谱，似乎依然沉浸在演奏之中；慢慢地，她逐渐从那种失魂落魄的状态中恢复过来。她突然起身，将琴和弓放到母亲腿上就往旁边的房间跑。母亲依旧坐在椅子上，胸闷气短，呼吸困难。房客们在父亲的催促下正朝自己的房间靠近，而妹妹则抢先一步冲进他们的屋里，熟练地将床上的床单和垫子抖起，铺平。

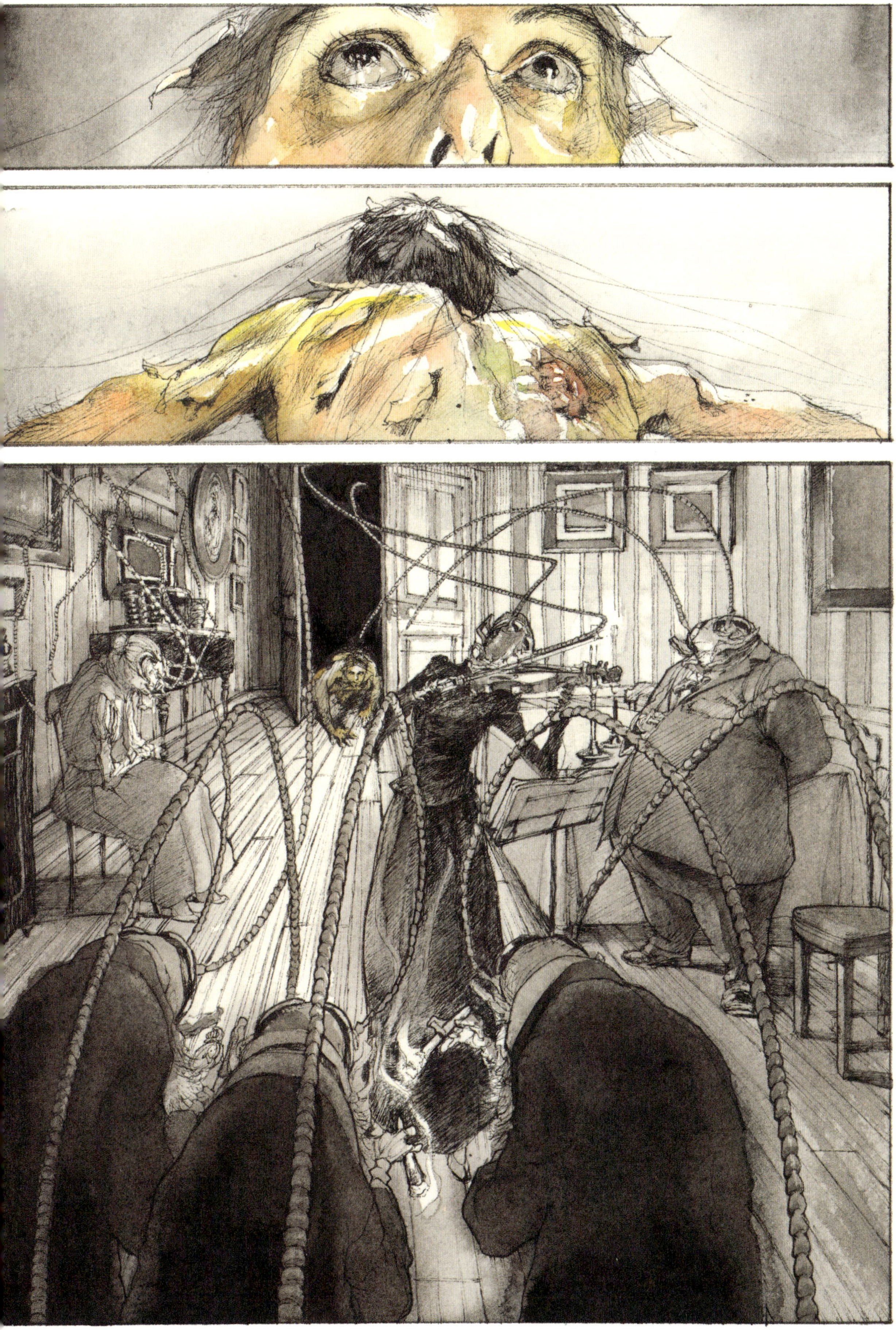

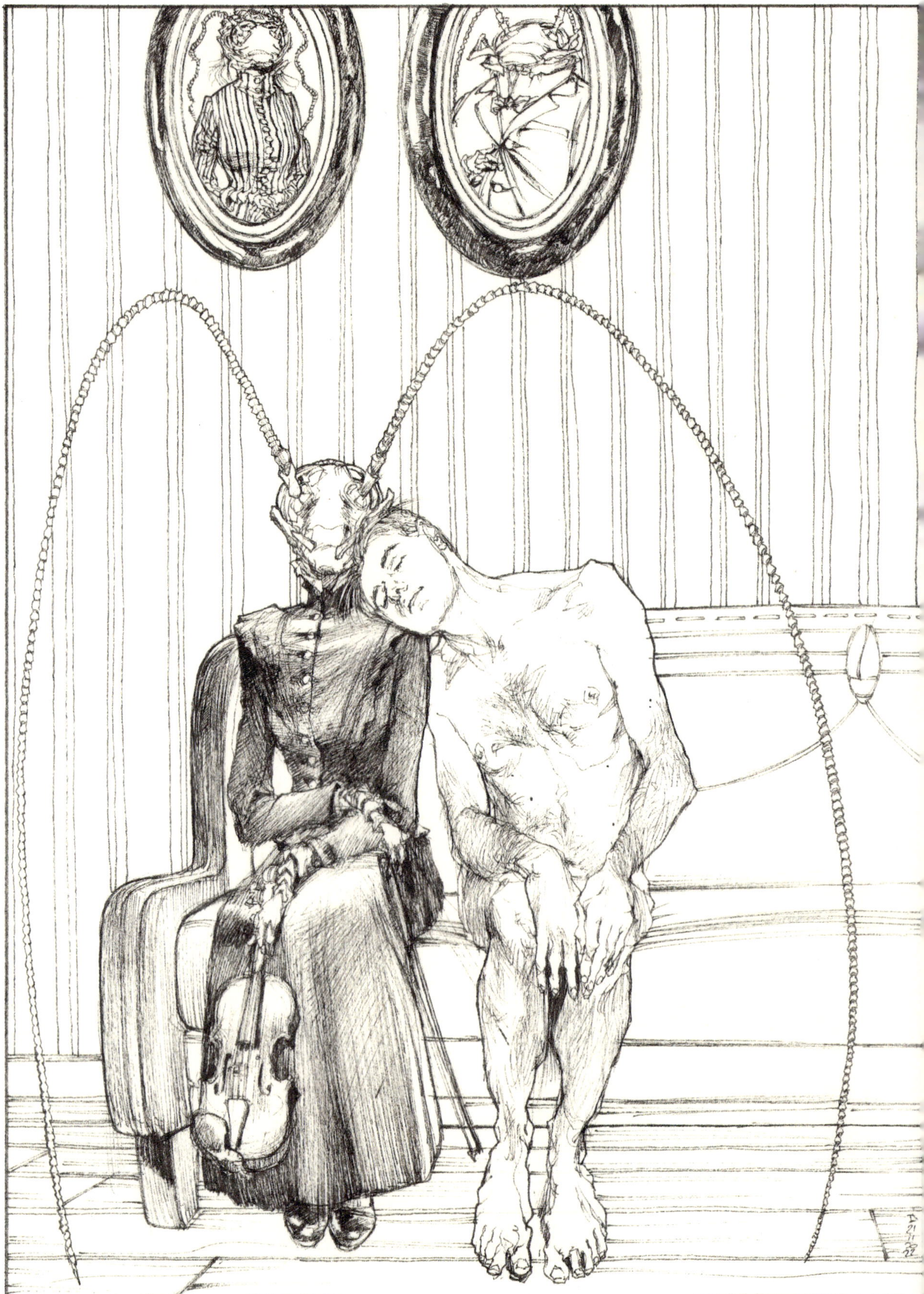

房客们还没回到房间，她已经将床铺收拾妥当，又迅速溜了出来。父亲又固执起来，甚至都忘了要时刻尊重房客。他不停地反复催促，直到房客们到了房间门口，中间的那位房客重重地跺了一下脚，父亲才应声停止催促。"我在此宣布，"那房客举起手来，一边用眼睛搜寻着母亲和妹妹，一边说道，"鉴于这所公寓和这个家庭中存在令人作呕的状况，"——他说话的同时还决然地向地上啐了一口——"我立刻退租。虽然我已在这里住了一段时间，可我不会付一分钱。相反，我还要考虑是否向你们索赔。要找一个名正言顺的索赔理由简直轻而易举，这一点请您相信我。"之后，他便不再说话，直勾勾地望着前方，仿佛在等待着什么。他的两个朋友也马上接过话茬儿："我们也立刻退租。"说完，中间那位先生握住门把手，"砰"的一声把门关上了。

父亲跟跟跄跄，双手摸索着走到自己的椅子旁，猛地一屁股坐下去。看起来他想和往日一样舒展四肢，准备晚间小憩，但他的头却如小鸡啄米般点个不停，根本无法睡着。格里高尔一直静静地趴在被房客们发现的地方。可能是计划失败让他十分沮丧，也可能是长期挨饿使他的身子颇为虚弱，反正他这会儿没有一丝力气挪动身体。他有种不祥的预感，众人的怒气下一秒就会全部宣泄到他身上，他凝神静气，屏息以待。小提琴从母亲颤抖的手

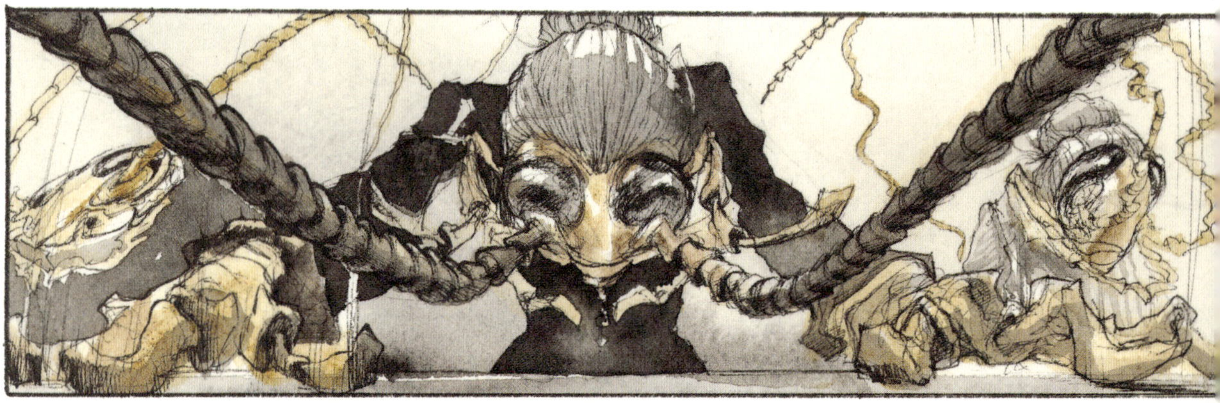

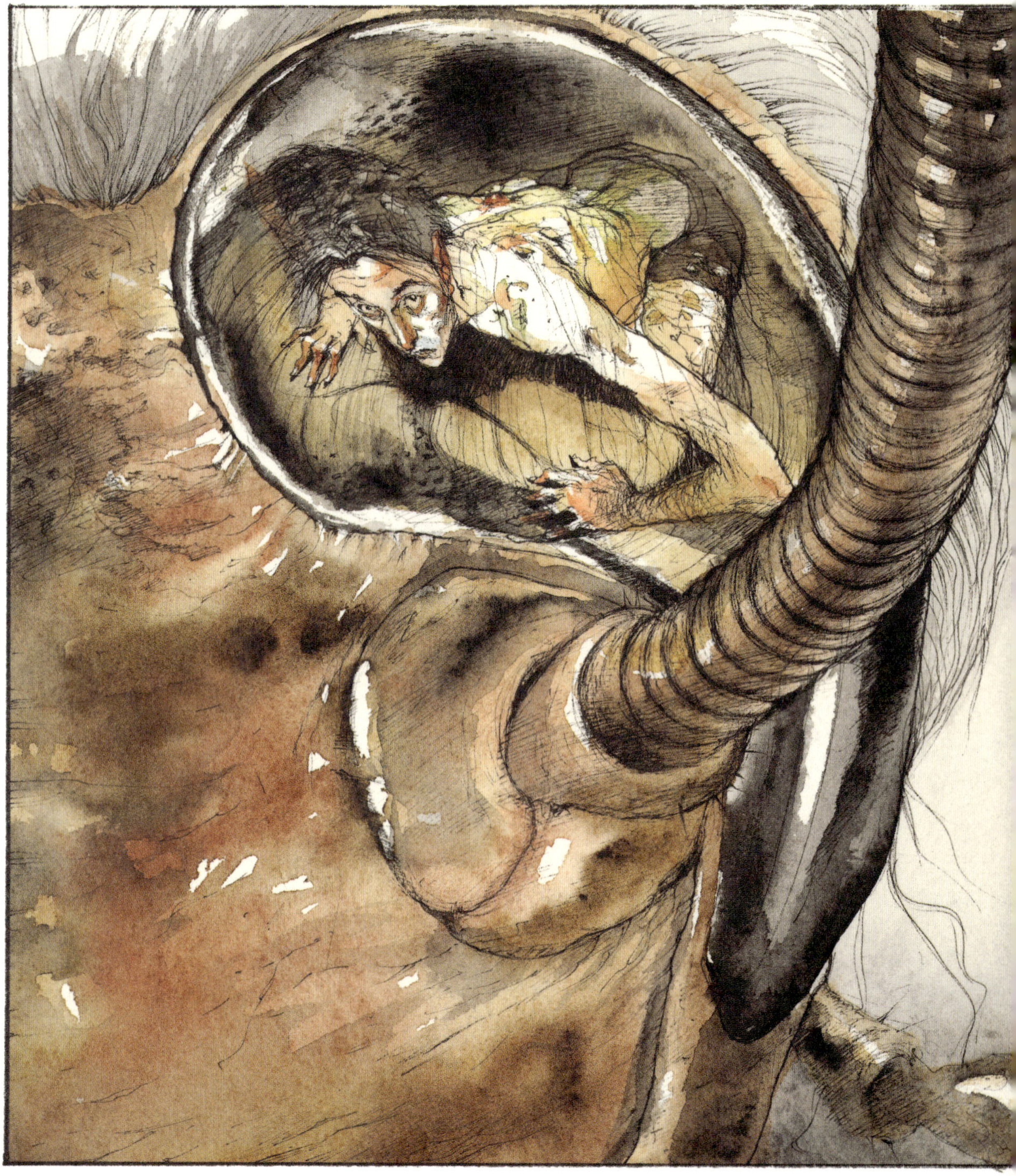

中滑落，发出震耳的噪声，可就连这声音也没吓到格里高尔。

"亲爱的爸爸妈妈，"妹妹用手拍了一下桌子作为开场，说道，"我们不能任由事情继续发展下去。或许你们还没看透，可我已经彻底摸清了。我不愿在这个怪物面前提我哥哥的名字，所以我只能说：我们必须设法摆脱这东西。我们对它如此悉心照料、百般容忍，已经算仁至义尽了。我相信，没有人会因此责备我们半分。"

"她说得很有道理。"父亲喃喃道。母亲气还没喘匀，眼神涣散，此时她正用手捂着嘴巴，压低声音咳了起来。

妹妹赶紧跑到母亲身边，扶住她的额头。父亲似乎被妹妹刚才的一番话给点醒了，他挺直了身板坐在餐桌旁。房客们吃晚饭用的餐具仍然摊在桌上，父亲就在狼藉的杯盘之间若有所思地把玩自己的帽子，还时不时抬眼看看静静趴着的格里高尔。

"我们必须设法摆脱它，"妹妹再次单独对父亲说道，因为母亲只顾连声咳嗽，什么都听不到，"否则，它迟早会害死你们俩，我有预感。我们都得卖命工作，回到家里还要面临永无止境的折磨，谁能承受得了呢？我是再也受不了了。"妹妹放声痛哭，她的泪水如此汹涌，马上顺流而下淌到了母亲的脸颊上，母亲便机械地用手拭去脸上的泪水。

"孩子，"父亲显得尤为善解人意，充满爱怜地说道，"可我们该怎么办呢？"

还在哭泣的妹妹只是耸了耸肩膀以回应父亲，表明自己也毫无头绪、无可奈何。这一刻的妹妹和往日判若两人，她此时的无助与之前的笃定也形成了鲜明的对比。

"要是他能听懂我们的话。"父亲将信将疑地说。妹妹听闻，一边哭一边用力摆摆手，认为根本不可能。

"要是他能听懂我们的话……"父亲重复道，他闭上眼睛，默认妹妹的看法，也以为格里高尔绝不可能听懂人话，"或许还能和他达成协议。不过这样一来——"

"它必须离开，"妹妹高声喊道，"爸爸，这是唯一的办法。你一直都觉得它是格里高尔，可你务必打消这个念头。我们始终相信它是格里高尔，这才是我们痛苦的根源。它怎么可能是格里高尔呢？如果它是格里高尔的话，那他早该意识到，人类根本不可能与这样的动物同处一个屋檐下；如果它是格里高尔，他早就心甘情愿离开了。虽然那样，我们会失去哥哥，但好歹我们还可以继续生活，并将永远满怀敬意地怀念他。可现在，这只虫子反而驱逐我们，它赶走了房客，显然想占据整个房子，任我们流落街头。爸爸，你看！"她突然尖叫一声，"它又开始动了！"格里高尔全然不解妹妹的惊慌失措，只见她从母亲的扶手椅上弹跳而起，迅速放开母亲独自跑掉，仿佛只要不靠近格里高尔，哪怕让她付出牺牲母亲的代价也在所不惜。她匆忙躲到父亲身后，父亲见状也颇觉不安，他站起身，手臂举到半空，做出保护妹妹的架势。

但格里高尔根本没想吓唬任何人，更何况是他的妹妹，他只不过打算转身回到自己的房间罢了。可是，他的动作太引人注目；由于浑身疼痛，转个身对他来说相当困难，他得借助头部发力才行；于是，他抬起头又砰地摔在地板上，如此反复尝试了很多次。此时，他不得不停下来环顾四周。大家好像理解了他的用意，刚才的慌乱看来只是个短暂的插曲，现在所有人都沉默而忧伤地注视着他。母亲伸直并拢的双腿，瘫坐在扶手椅上，她实在太过疲劳，眼皮都快抬不起来了；父亲和妹妹并肩而坐，妹妹的手臂环

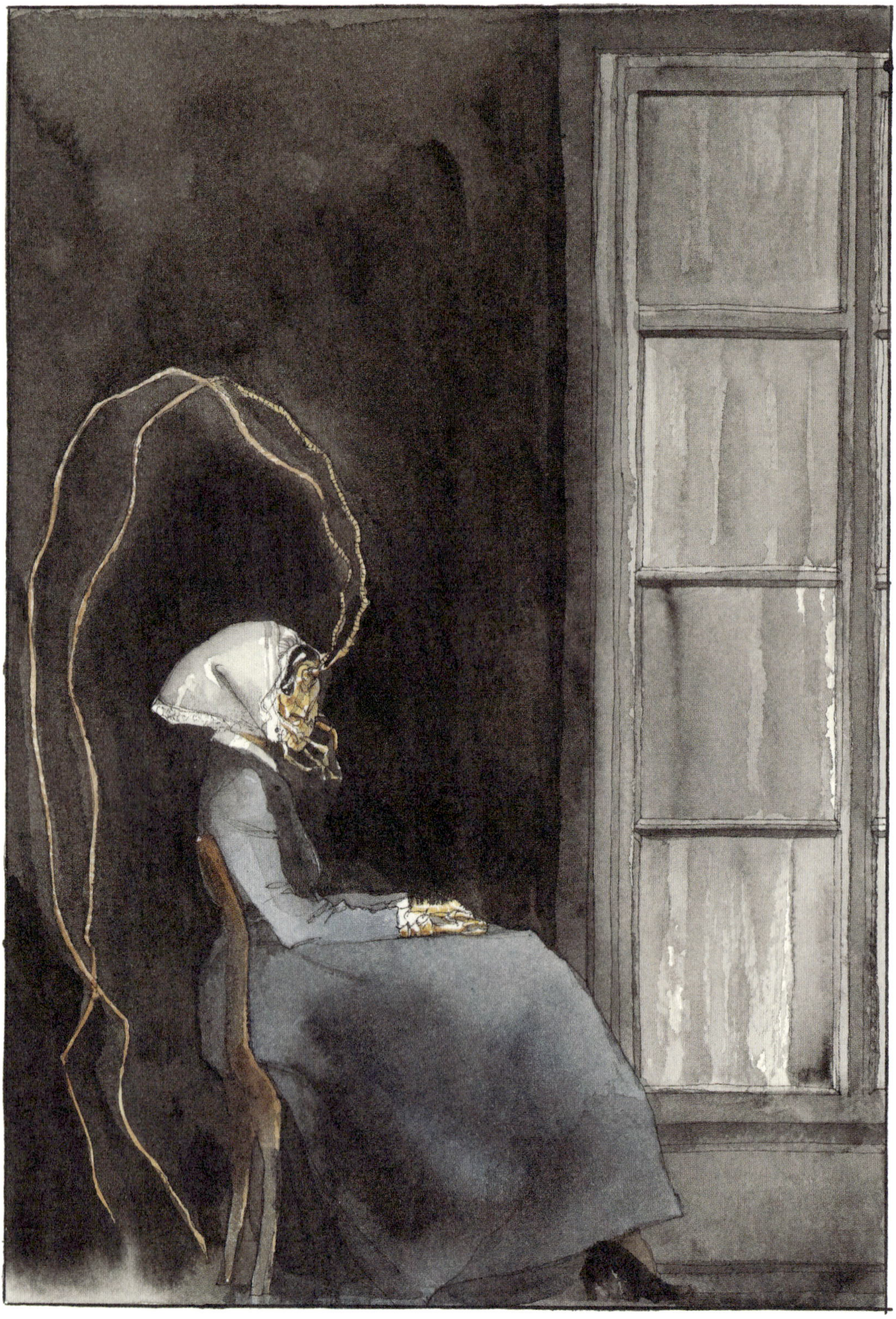

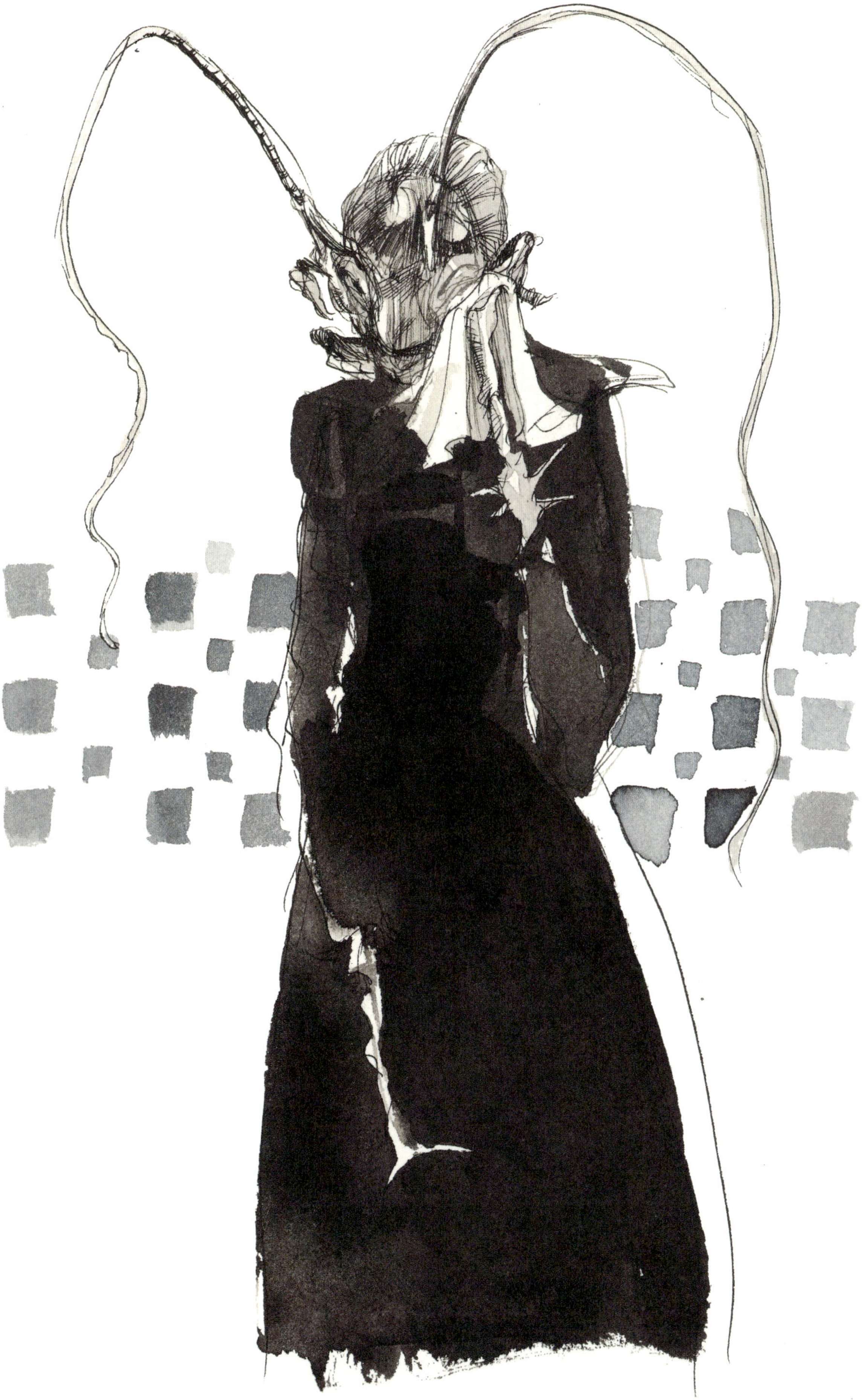

绕在父亲的脖子上。

格里高尔心想："现在我应该可以继续转身了吧。"于是他开始继续刚才的动作。他使出浑身解数，不可抑制地发出阵阵喘息，还得时不时停下来休息。这会儿，没有任何人催促他，他完全可以慢慢来。格里高尔一转过身，就马上开始朝自己的房间爬去。他大吃一惊，原来这儿离自己的房间有那么长一段距离，他完全无法想象，自己如何拖着病躯不知不觉走了这么远的。此刻他一心只想快点儿爬回去，因此甚至没有注意到，他的家人们缄口不言、默不作声，丝毫没有干扰他。等他一直爬到门口，才想起扭头回看，但由于脖子格外僵硬，他没有完全转过头来。在这匆匆一瞥之间，他看到身后的一切没有任何变化，只有妹妹站了起来；最后他还看了母亲一眼，发现她已经睡熟了。

他一进入自己的房间，门就立刻从外面关上了，甚至还上了锁。格里高尔被身后突如其来的动静吓了一跳，腿都软了。急不可耐关上门的正是妹妹，她早就站在那边等着，只待格里高尔一进门，她便轻盈地朝前一跃，所以格里高尔压根儿都没听到她的脚步声。她一边转动锁芯里的钥匙，一边向父母喊道："终于成啦！"

"眼下该怎么办呢？"格里高尔在黑暗之中环视整个房间，默默地问自己。很快，他发现自己无法动弹了。对此他并不觉得意外，出乎意料的是，他竟然能靠这些小细腿行走到现在。除此之外，其他的一切都还好。虽说他浑身上下曾隐隐作痛，但他发现这种痛感越来越弱，直至最后完全消失。他几乎已觉察不出，后背上那个腐烂的苹果和沾满灰的发炎部位具体在哪儿。他想起了自己的家人，对他们满怀感激和爱意。他也认为自己必须消失，而且他的想法比妹妹更加坚决。他就这么空虚又平静地思考着，直到凌晨三点钟的钟声响起。他目睹了窗外那道曙光，一如往日。接着，他的头开始不受控制地往下垂，他的鼻孔呼出了最后一丝微弱的气息。

老妈子一大早过来干活，她力气特别大，行事风风火火，开关门总免不了弄出很大的响声。尽管她已被告诫很多次，关门不要太用力，可都无济于事。只要她一来，公寓里的所有人都休想继续安稳地睡觉。她像往常一样先去看了格里高尔，一开始她并没有发觉什么异常。她以为他故意直挺挺地躺着，一动不动，假装受了奇耻大辱。她以为，他很懂得耍弄这些小把戏。她手里恰好拿着一把长扫帚，于是就站在门口用它去挠格里高尔。她的试探并未得到任何回应，老妈子有些恼火，开始朝格里高尔身上戳。

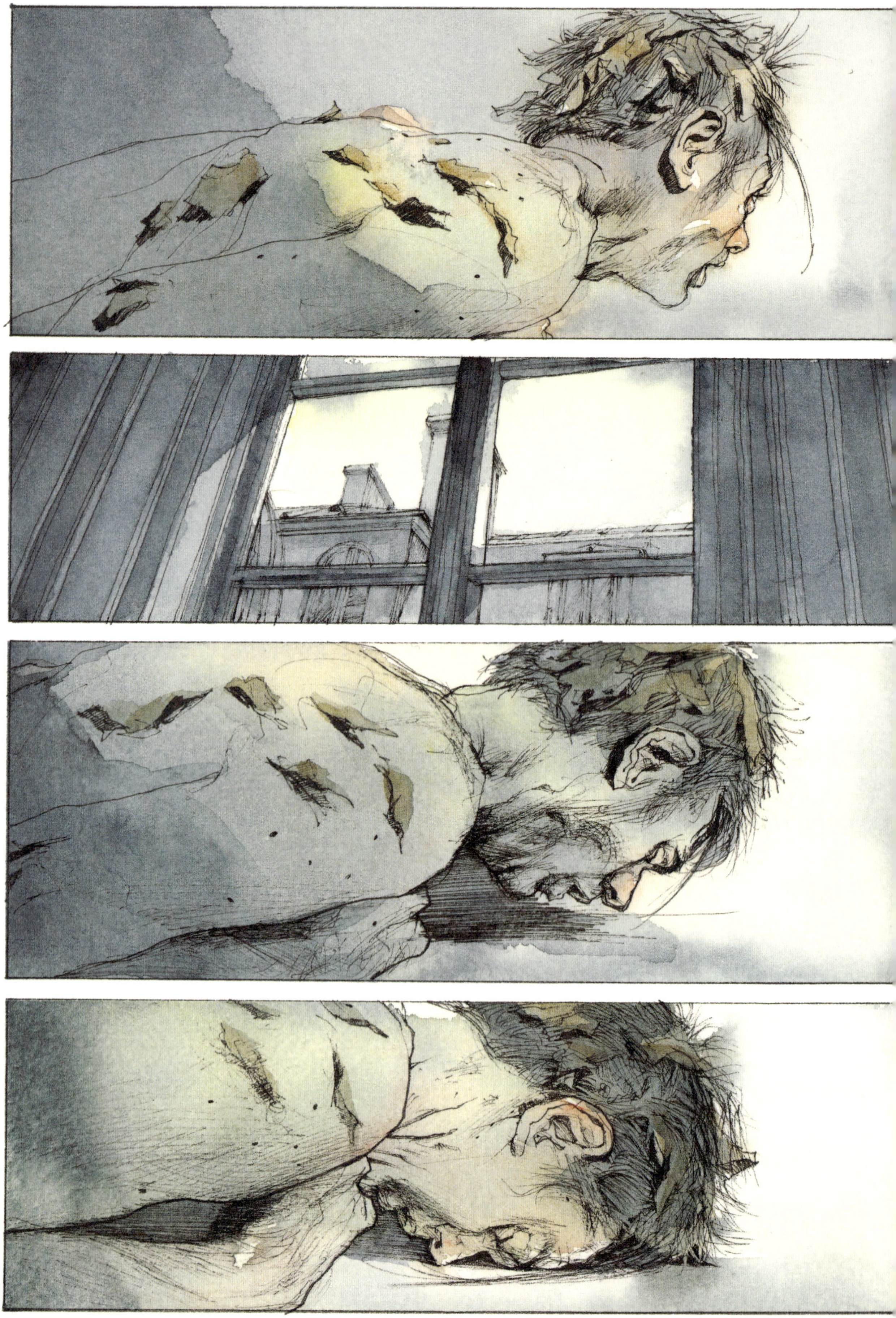

结果，她发现把他的身子从原地推开毫不受阻，她这才警醒起来。不一会儿，她便揭开了事情的真相，不禁目瞪口呆、唏嘘不已。她没有怔在原地，而是一把拉开卧室门，对着漆黑一片的房间大声叫道："你们快来看，它死了！它躺在那儿纹丝不动，已经凉透了！"

萨姆撒夫妇正坐在双人床上，闻声惊慌至极，好一会儿才弄清楚老妈子的意思，然后稍稍镇静下来。紧接着，他们连忙分别从两侧爬下床来；萨姆撒先生将毯子披在肩上，萨姆撒夫人只穿着睡衣就出来了，他们一起冲进格里高尔的房间。此时，通往客厅的门也打开了，自房客入住以来，格蕾特就住在客厅。她穿戴整齐，脸色苍白，似乎一夜没睡。"死了？"萨姆撒夫人又惊又疑地望着老妈子，尽管她完全能自己验证，甚至无须验证也能看出来。"反正我觉得是死了。"老妈子一边说着，一边用扫帚将格里高尔的尸体朝一旁扫出去老远。萨姆撒夫人动了动，似乎想把扫帚拉回来，但她终究还是没这么做。"好了，"萨姆撒先生说，"真是谢天谢地。"说完，他便自顾自地在胸前画十字，另外三个女人也跟着照做。格蕾特的视线一直没有从尸体上移开，她说："瞧，他多瘦啊！他已经好久没有吃过任何东西了，食物端进来是什么样，拿出去还是什么样。"确实，大家直到现在才注意，格里高尔

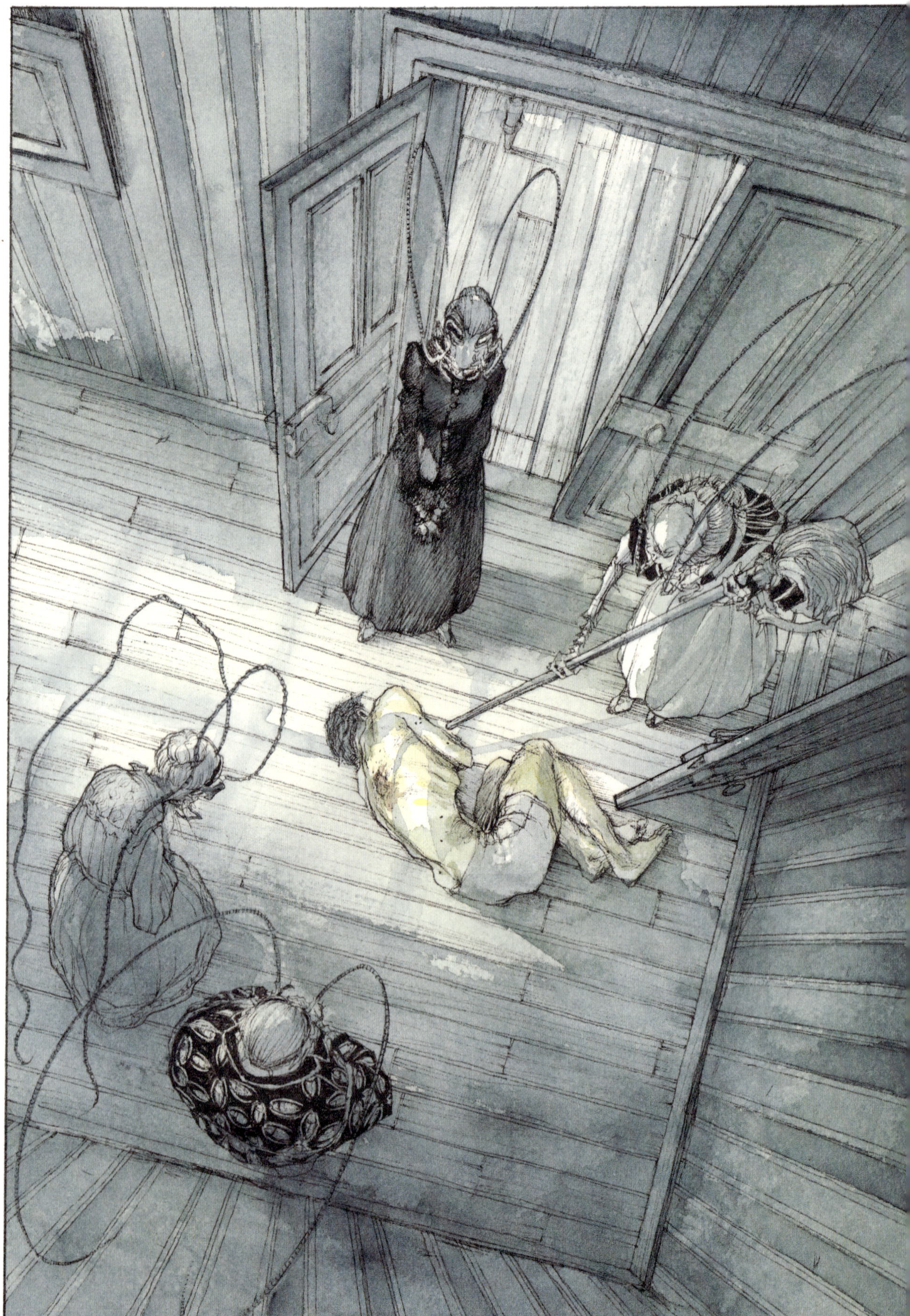

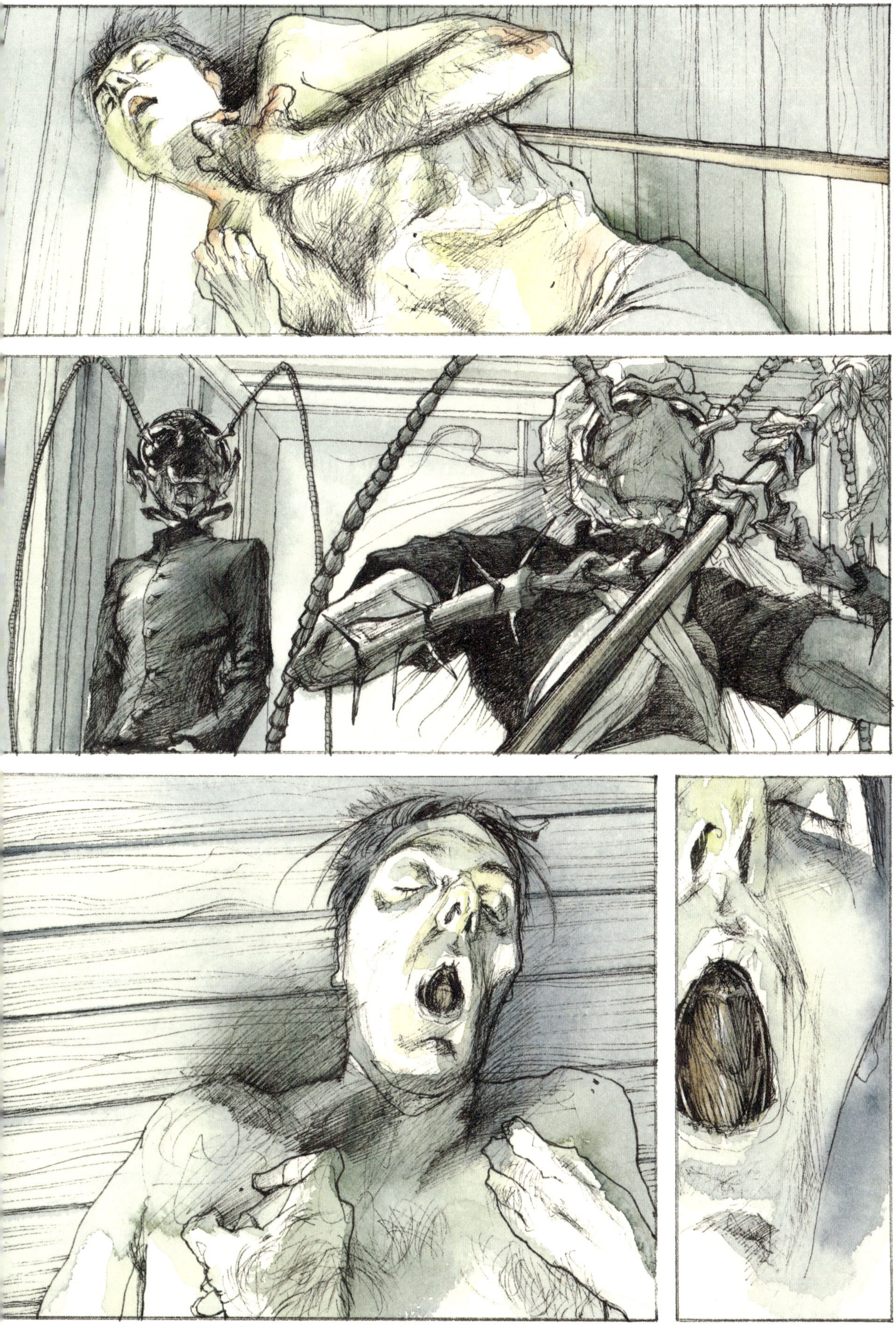

的身体已经干瘪得不像样子，他的小细腿再也无力支撑他的身躯；他的目光被死亡定格，再也不会灵活转动了。

"格蕾特，到我们房间来一下。"萨姆撒夫人带着一丝忧郁的苦笑说道。格蕾特跟在父母后面走向卧室，她仍不忘一步三回头地朝那具尸体看了又看。老妈子关上门，把窗户全部打开。虽然是大清早，清新的空气中也有了一丝暖意，毕竟这会儿已是三月底。

三位房客从他们的房间走出来，放眼四望寻找应有的早餐，结果吃惊地发现他们被遗忘了。"早餐呢？"中间那位房客面带愠色质问老妈子。老妈子却把手指放在嘴前，做了嘘声的动作，打手势向房客们示意，请他们去格里高尔的房间。他们把手插在磨旧的外套口袋里，走进了格里高尔的房间，屋子里此刻很亮堂，房客们围着格里高尔的尸体站成一圈。

正在这时，卧室的门打开了。萨姆撒先生身着制服，一只手搀扶着妻子，另一只手挽着女儿。他们好像都哭过，格蕾特还时不时把脸依偎在父亲怀里。

"请马上从我的公寓离开！"萨姆撒先生手指着门，他说话时两位女士仍一左一右傍着他。"您这是什么意思？"中间那位房客慌忙问道，脸上挂着讨好的笑容。另外两位房客则背着手，不停绞着手指，幸灾乐祸地期待围观即将到来的激烈冲突，而且很自信地认为他们一方将占上风。"我的意思已经很清楚了。"萨姆撒先生回答道，同时与两位女士并排朝着房客径直走去。这位房客一开始还静静地站在那里，眼睛看着地板，似乎在头脑中重新斟酌整件事情。"那我们就走吧。"他随后张口说道，并抬头看着萨姆撒先生，好像突然之间他的地位一落千丈，连做个决定都需要得到萨姆撒先生的首肯。萨姆撒先生瞪着眼睛，轻轻点了两下头。接着，这位先生便大步流星朝门厅走去。他的两位朋友早已停止手上的小动作，竖着耳朵仔细听了好一会儿，此时他们一个跨步，紧随其后，仿佛生怕萨姆撒先生会先他们一步走到门厅，截断他们与头儿之间的联系。在门厅里，三位房客依次从衣架上摘下帽子，然后拿出手杖，并默默鞠了一躬，之后便离开了公寓。萨姆撒先生和两位女士对房客们怀有莫名的不信任，于是一家三口一起走到楼梯口，靠在楼梯护栏上，目送三位房客步履缓慢、一个接一个地走下楼梯，看着他们在每个楼层的拐角处消失片刻，过会儿又重新出现。房客越走越远，萨姆撒一家对他们的关注也越来越分散。最后，肉铺的一个小伙计头上顶着东西拾级而上，昂

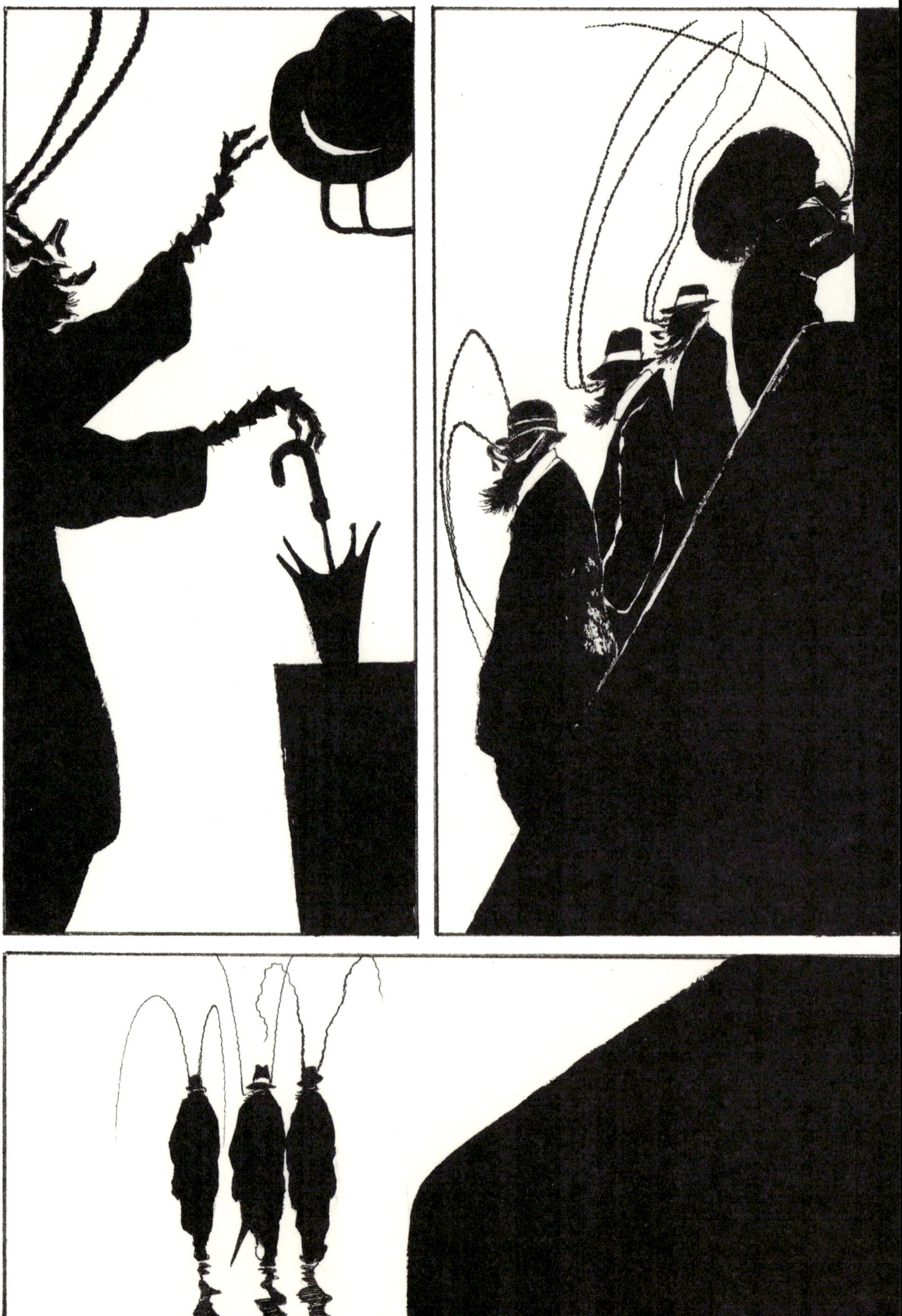

首阔步朝房客迎面走来,又和他们擦肩而过。这时,萨姆撒一家离开了楼梯口,回到自己的公寓,如释重负。

萨姆撒一家决定今天好好休息一下,散散心。他们辛苦工作那么久,现在迫切需要这个契机,好停下来休整一番。于是,他们一块儿在桌子旁坐下,写了三封请假条:萨姆撒先生写给他的主管,萨姆撒夫人写给她的买家,格蕾特写给商店老板。写信期间,老妈子进来说,早上的活已经做完,她要走了。三个写信的人听后笔都没停,只是点了点头,眼皮也没抬一下。老妈子却迟迟不肯离开,他们这才略显不耐烦地抬起了头,盯着她。"还有事吗?"萨姆撒先生问道。老妈子脸上堆着笑,站在门边,似乎有天大的喜事要通报,但又要他们亲口询问才行,否则她绝不主动开口。她的帽子上竖插着一根羽毛,不停地朝各个方向来回摆动,在她整个做工期间,萨姆撒先生始终觉得这根羽毛非常碍眼。"那您究竟想说什么呢?"萨姆撒夫人问道,她可是老妈子最敬重的人了。"嗯,"老妈子答道,由于脸上笑开了花,她没法儿立刻接着往下说,只得顿了顿,"至于隔壁的东西该如何处理,就不劳您费心了。一切都已经安排妥当。"萨姆撒夫人和格蕾特重新低下头看着信,似乎还想继续写下去;萨姆撒先生预感到,老妈子将要开始详细描述处理过程,他连忙伸出手来,把她的话挡了回去。

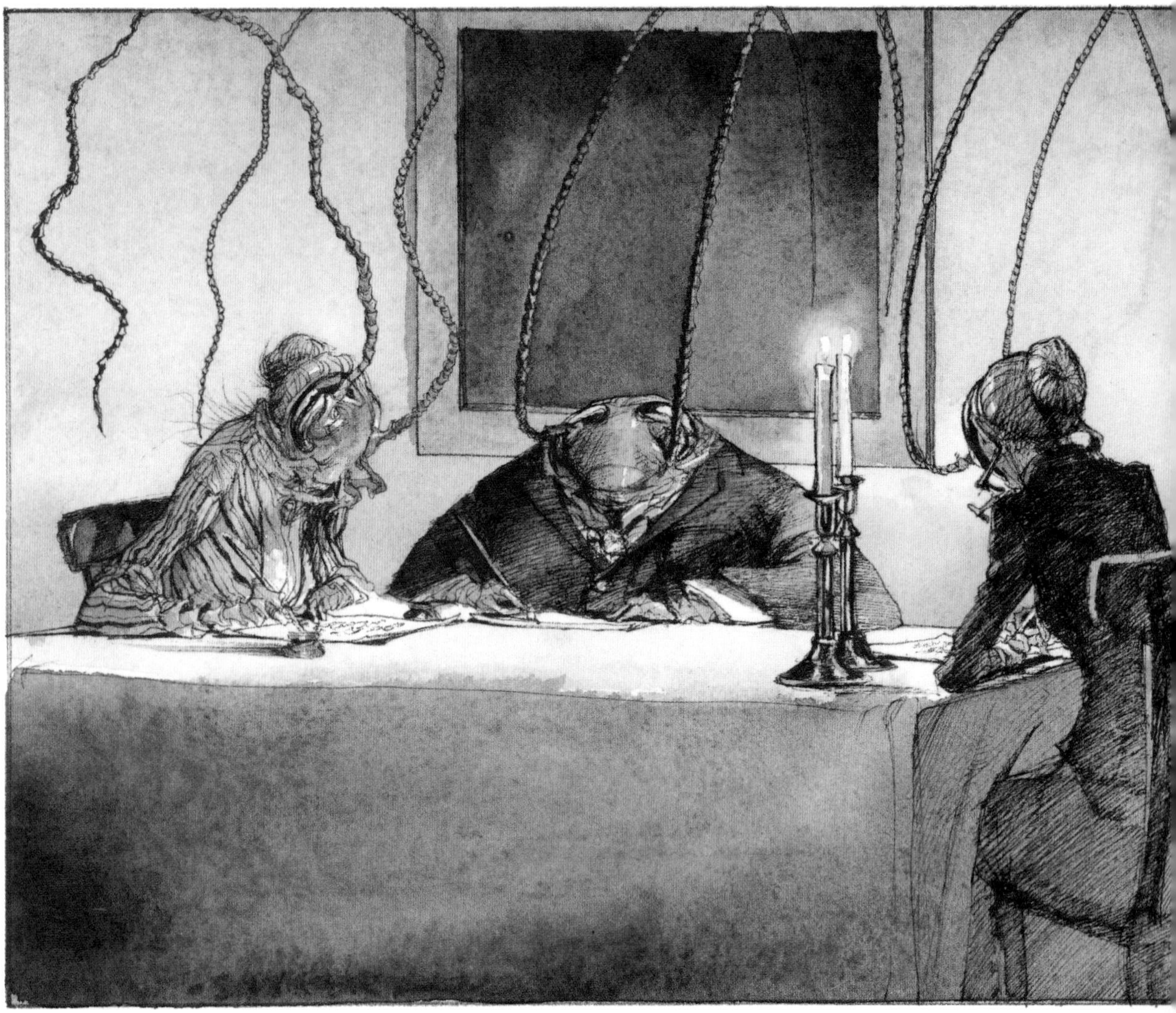
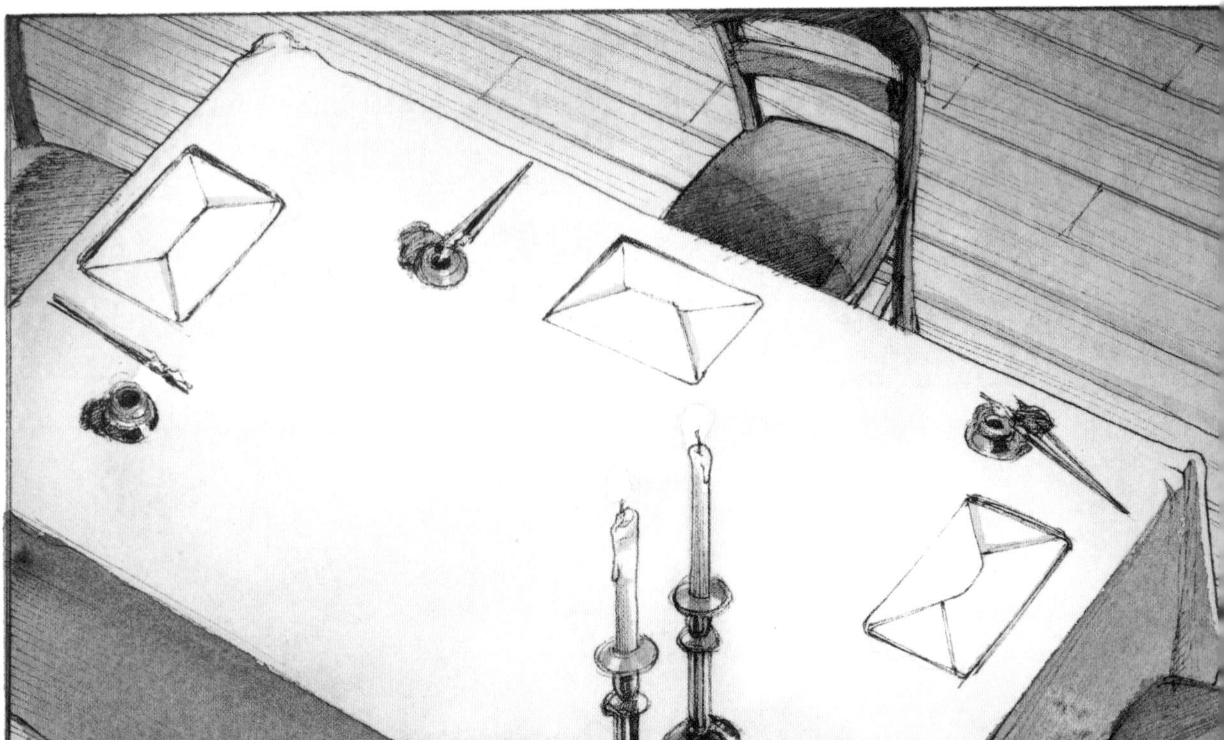

既然不让细说，老妈子才想起自己还赶时间呢，于是她满肚子不高兴地嘟囔道："回头见！"然后转身走了，走的时候又把门摔得震天响。

"晚上就让她走人。"萨姆撒先生说道，可妻子和女儿都没有回应他，因为她们好不容易才平复的情绪又被老妈子搅乱了。她俩起身走到窗边，站在那儿，紧紧相拥。萨姆撒先生坐在椅子上，把身体转向她们，静静观察了一会儿，然后他喊道："来吧，过来吧。往事如风，随它去吧。稍微顾及一下我的感受吧。"两位女士马上顺从地朝他走来，安抚着他，并迅速写完了请假条。

随后，一家三口一起离开了公寓，搭电车去了郊外，这是数月以来他们第一次结伴出行。暖暖的阳光洒满整个车厢，车里只有他们三位乘客。他们惬意地靠在椅背上，谈论着日后的生活规划；此时他们仔细一盘算，这才发觉，未来的光景也不算太糟糕。虽然他们之前从未详细询问过彼此的工作情况，但想必各自的工作都还不错，他们都会有远大的发展前景。若他们想改善当下的境况，最简单的方法还是搬家。他们现在住的房子是当初格里高尔挑选的，以后他们打算租个小一点儿的房子，这样租金更便宜，但交通得方便，而且要比较实用。交谈时，格蕾特显得十分活跃。

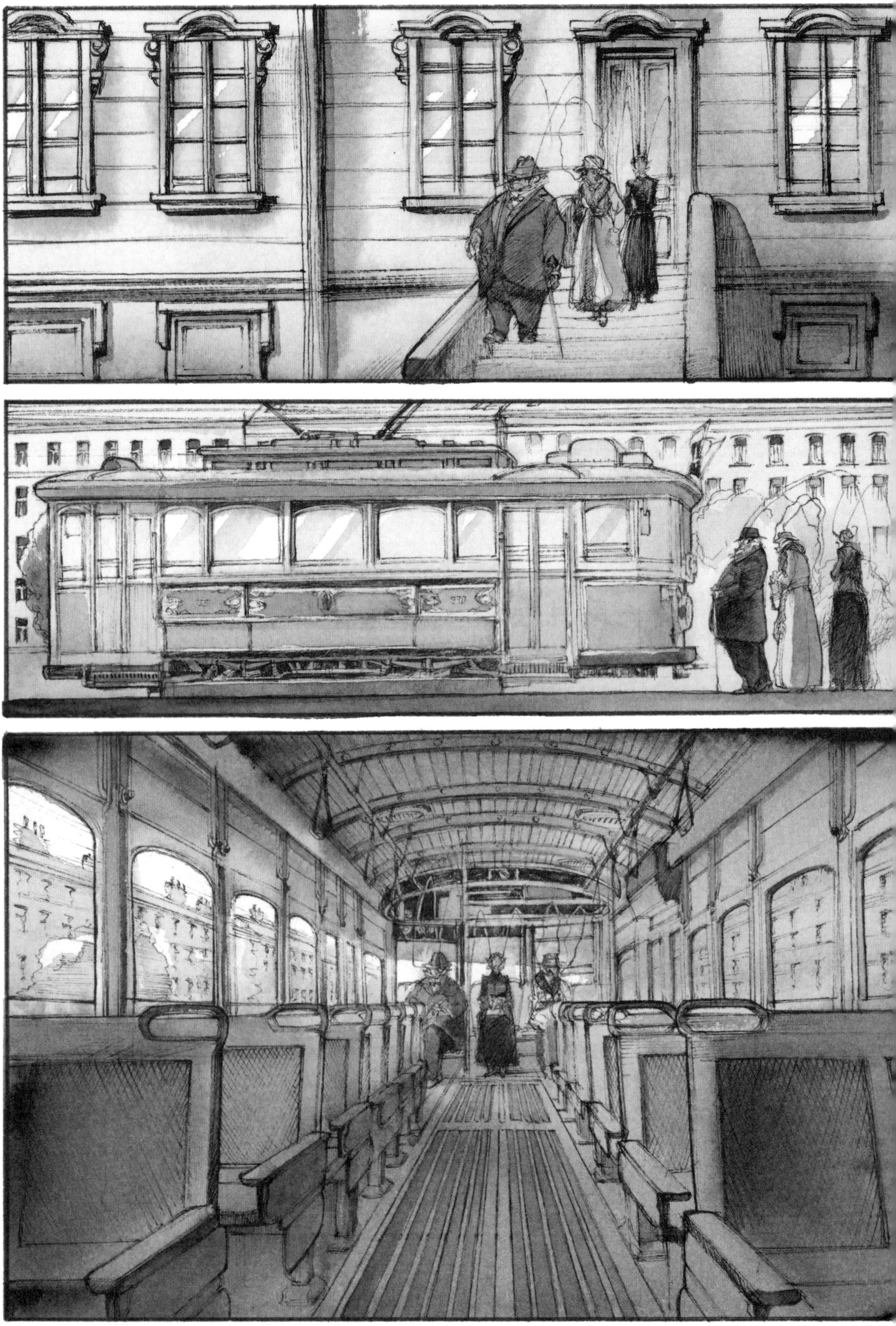

萨姆撒夫妇看着她，两人几乎同时想到，虽然近来女儿费心照料格里高尔很是劳累，脸色也变得非常苍白，可并没有妨碍她出落成一个漂亮、丰腴的大姑娘。夫妇俩停止了讨论，下意识地交换了一个眼神，他们想，是时候为女儿寻觅一门好亲事了。列车抵达了目的地，女儿第一个站起来伸了伸懒腰，仿佛在认同父母那崭新的梦想和美好的愿景。

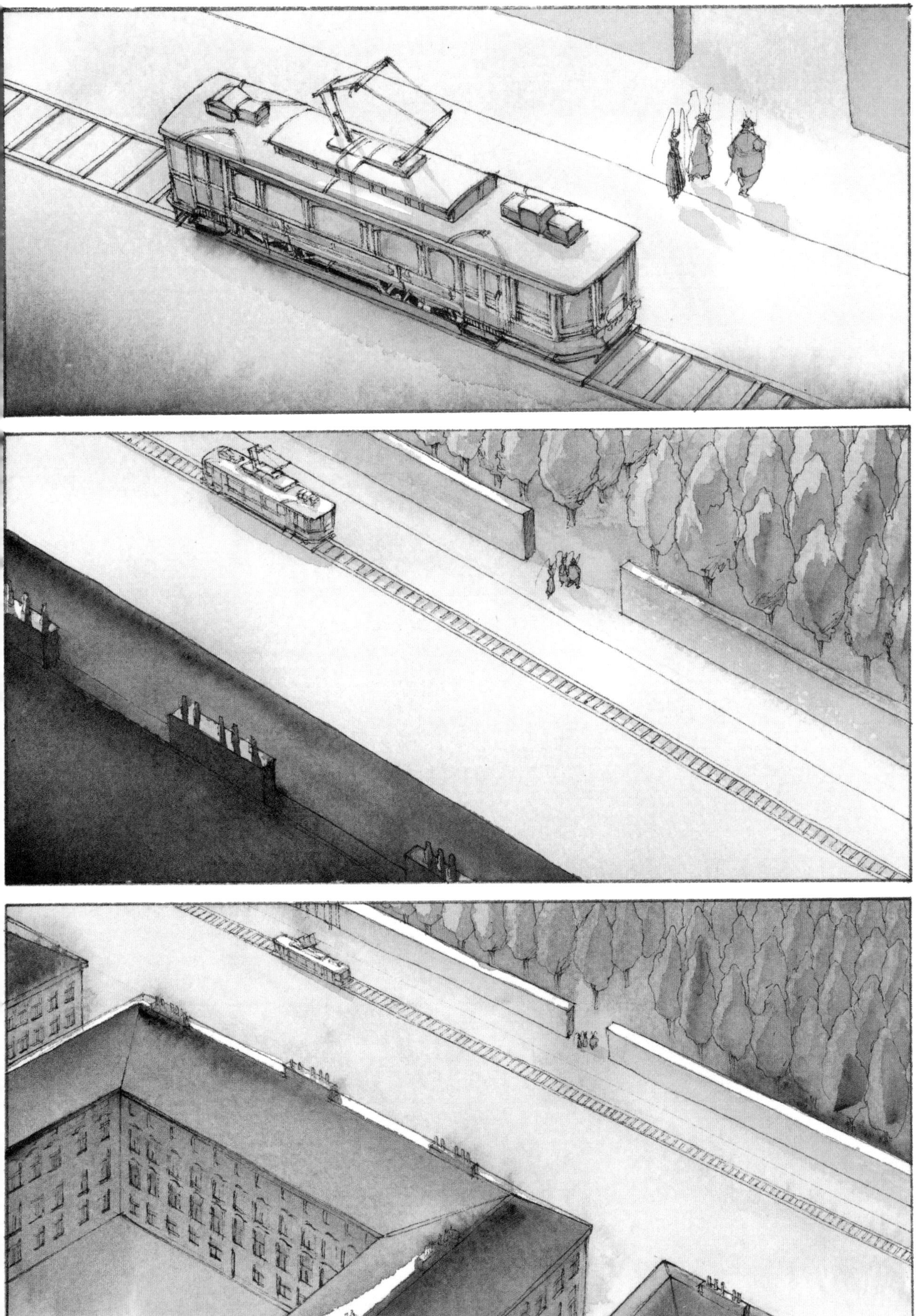

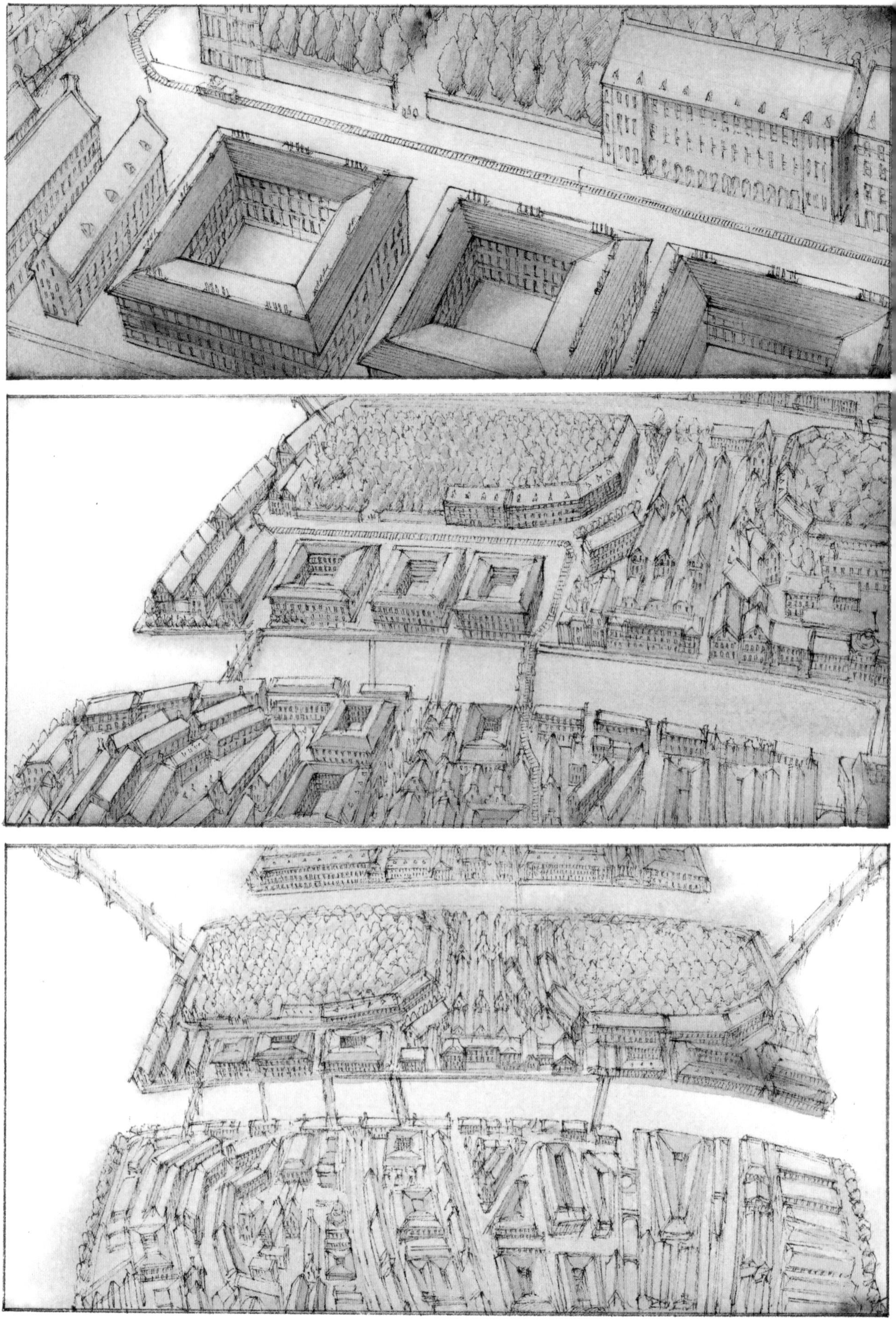

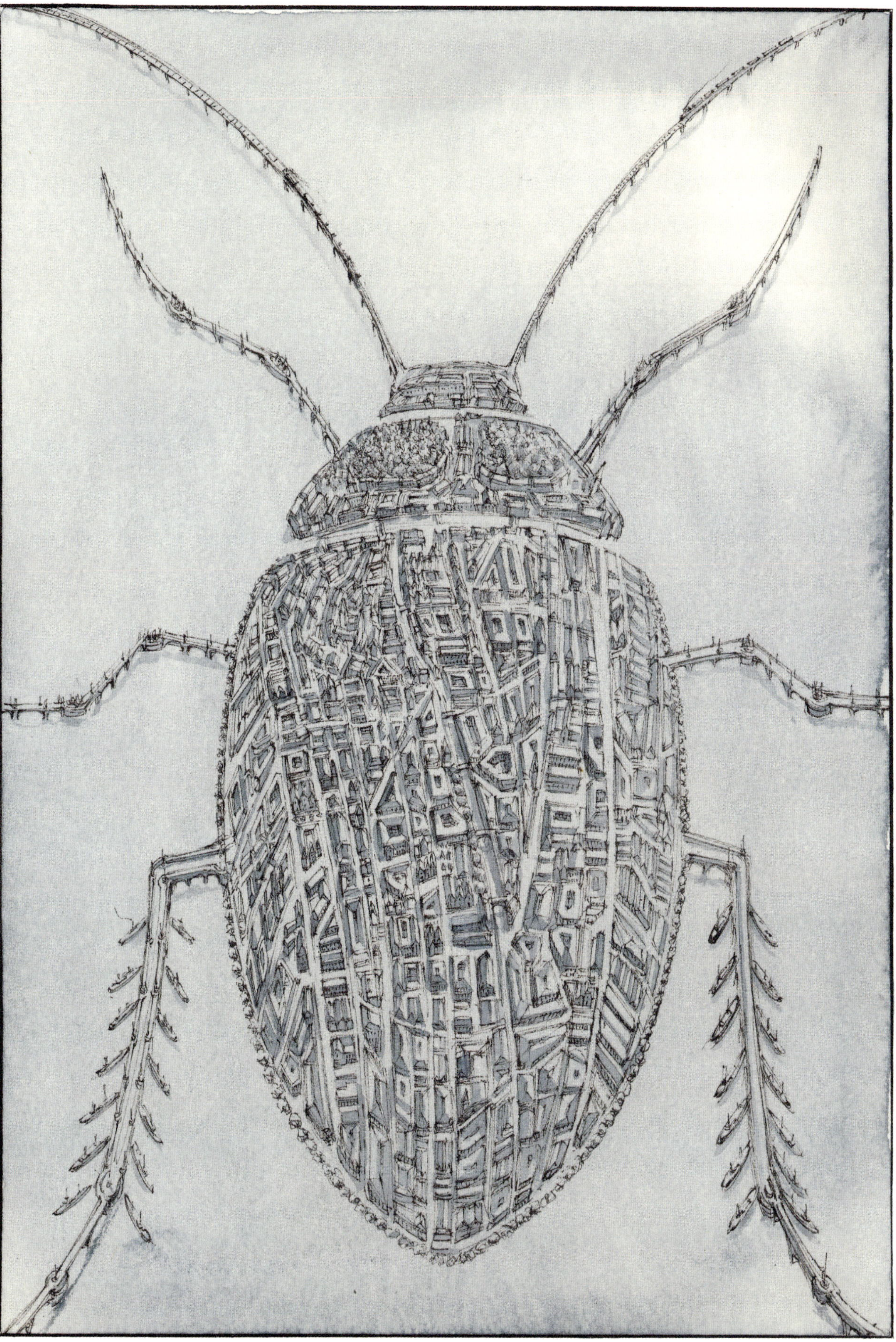

衷心感谢保尔·勒瓦卢瓦（Paul Levallois）为本书的制作拍摄了他父亲的珍贵照片，有时是在不太合适的地方。

感谢塞巴斯蒂安·格内迪希（Sébastien Gnaedig）的信任。

以下页面的插图参考自丹麦画家威廉·哈默绍伊（Vilhelm Hammershøi）的作品。

第88页：
《缝纫的少女》（1887）
第90页：
《女子画像》（1888）
第114页：
《艺术家母亲的肖像》（1886）
第126页：
《五人群像》（1901—1902）

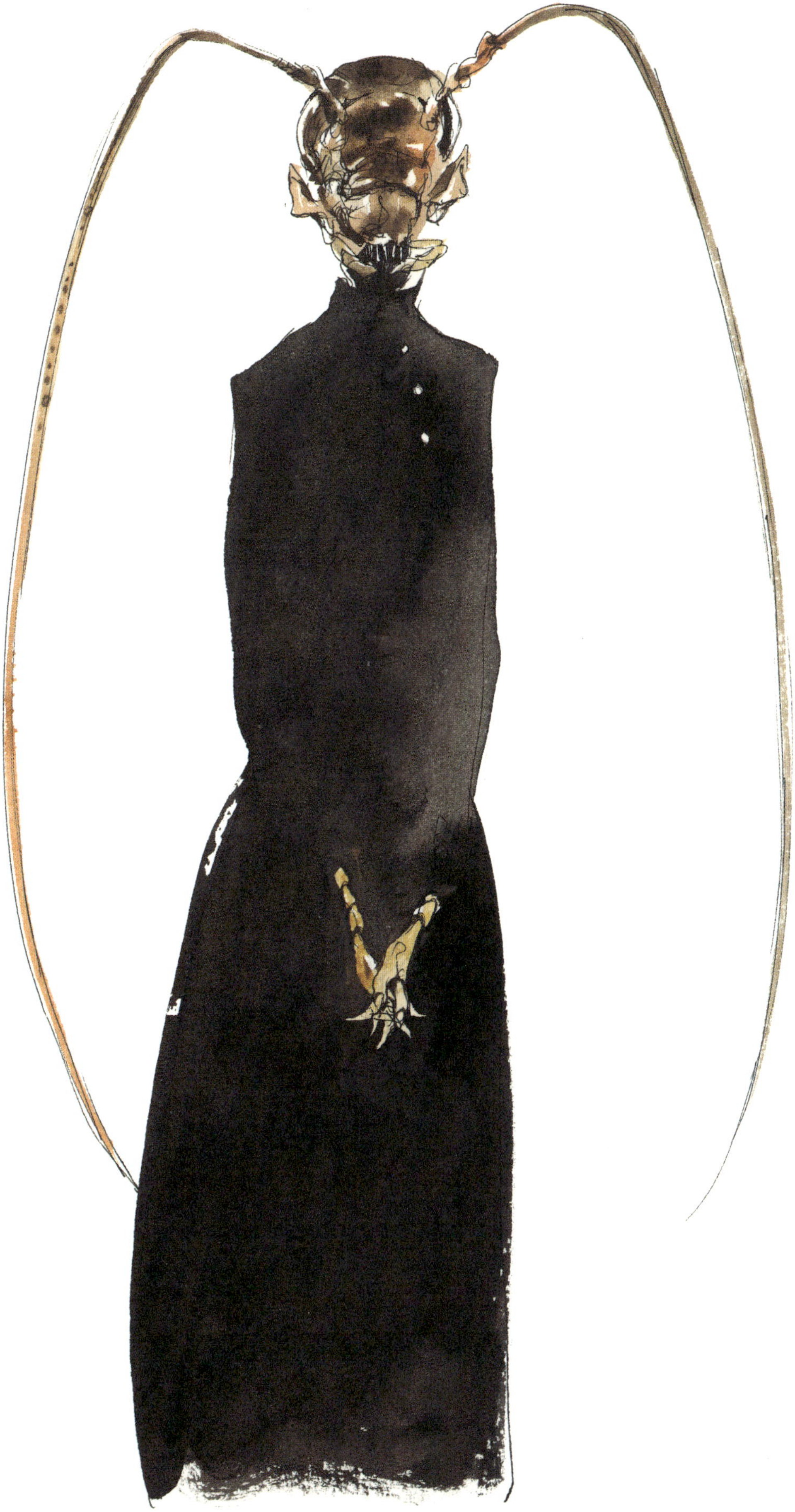

图书在版编目（CIP）数据

变形记：插图珍藏版 / （奥）弗朗茨·卡夫卡著；（法）斯特凡纳·勒瓦卢瓦绘；胡一帆译. -- 南京：江苏凤凰文艺出版社，2025. 5. -- ISBN 978-7-5594-9217-3

Ⅰ．I521.45

中国国家版本馆CIP数据核字第20250PX578号

©Futuropolis, 2023
Franz Kafka, La métamorphose, traduit par Claude David
Simplified Chinese edition © GINKGO (SHANGHAI) BOOK CO., LTD
A DIVISION OF POSTWAVE PUBLISHING CONSULTING (BEIJING) CO. LTD 2025

Additional credits:
Notes et références complémentaires
Page 88
Illustration d'après Jeune fille cousant, 1887, de Vilhelm Hammershøi
Page 90
Illustration d'après Figure de femme, 1888, de Vilhelm Hammershøi
Page 114
Illustration d'après Portrait de la mère de l'artiste, 1886, de Vilhelm Hammershøi
Page 126
Illustration d'après Cinq portraits, 1901-1902, de Vilhelm Hammershøi

变形记（插图珍藏版）

[奥] 弗朗茨·卡夫卡 著　　[法] 斯特凡纳·勒瓦卢瓦 绘　　胡一帆 译

编辑统筹	尚　飞
责任编辑	曹　波
特约编辑	陈怡萍
营销编辑	陈高蒙
装帧设计	墨白空间·李　易
内文排版	严静雅
出版发行	江苏凤凰文艺出版社
	南京市中央路165号，邮编：210009
网　　址	http://www.jswenyi.com
印　　刷	河北中科印刷科技发展有限公司
开　　本	787毫米×1092毫米　1/16
印　　张	9
字　　数	53千字
版　　次	2025年5月第1版
印　　次	2025年5月第1次印刷
印　　数	1—6,000
书　　号	ISBN 978-7-5594-9217-3
定　　价	98.00元

江苏凤凰文艺版图书凡印刷、装订错误，可向出版社调换，联系电话 025-83280257